김 영 탁 선생님께

2014. 가을에
황금알을 낳는
날개를 위하여

김 길 나 드림

일탈의 순간

황금알 시인선 91

일탈의 순간

초판발행일 | 2014년 9월 30일

지은이 | 김길나
펴낸곳 | 도서출판 황금알
펴낸이 | 金永馥
선정위원 | 마종기 · 유안진 · 이수익 · 문인수
주 간 | 김영탁
편집실장 | 조경숙
표지디자인 | 칼라박스
주 소 | 110-510 서울시 종로구 동숭동 201-14 청기와빌라2차 104호
물류센타(직송 · 반품) | 100-272 서울시 중구 필동2가 124-6 1F
전 화 | 02)2275-9171
팩 스 | 02)2275-9172
이메일 | tibet21@hanmail.net
홈페이지 | http://goldegg21.com
출판등록 | 2003년 03월 26일(제300-2003-230호)

ISBN 978-89-97318-79-7-03810

일탈의 순간

김길나 시집

황금알

창 안팎에서 바람이 분다.

시가 삐걱거리고 창문이 덜컹거린다.

바람 속에서 꽃이 핀다.

바람에 꽃이 꺾인다. 사라진다.

사라진 사과 꽃이 보여주고 있는 사과 한 알을 향해

보이지 않는 그곳으로 오늘도 처음처럼 걸어들어 간다.

차 례

1부

붉은빛을 쪼갠다 · 12
손의 감정 · 13
일탈의 순간 · 14
절반의 행성 · 16
분리수거의 아침 · 18
오른쪽은 멀쩡 왼쪽은 비 · 20
접목선인장 · 22
왼손의 진실 1 · 24
왼손의 진실 2 · 26
열대어와 열대야 사이에서 · 28
창밖의 손 · 30
호박 넝쿨 · 31
벽, 그 물렁물렁한 것들 · 32
0時 · 34

2부

이마의 주름 · 38

달리는 잠 · 39

분실 · 40

파편 · 42

성자 · 44

낙지 · 46

휴지의 나날 · 48

당근 형 비만체질 · 50

머리카락에서 새어나오는 풍경 · 52

뚜껑 · 53

마지막 꿈 · 54

창 · 55

만종 · 56

0時 · 58

3부

순간의 부유 · 60

달밤의 바다 · 61

그 여자는 늦가을에 왔다 · 62

그늘진 모퉁이 · 64

그림자와 상사화 · 66

누가 내일 날씨를 묻고 있나 · 68

대문 밖이 술렁인다 · 70

달빛 붓 · 72

무릎 아래로 꽃이 · 74

달집 · 76

떠는 나뭇잎 · 78

순간포착 · 80

숨 쉬는 독 · 82

0時 · 84

4부

입 없는 귀 · 86

새가 되는 날 · 87

보석나무 곁에서 · 88

그네가 그네를 탄다 · 89

소리 새 · 90

목련 꽃밥 · 91

그래도 사람과사람이세상이라는이름의피륙을 짠다 · 92

11월 11일의 상봉 · 94

십이월의 장미 · 96

빈집에서 날아오르는 불새 · 98

비밀 통로 · 100

해미 회화나무의 성전 · 102

어떤 설치미술 · 104

나무에 걸린 시계 아래서 · 105

0時 · 106

■ 해설 | 호병탁

시인의 순간포착으로 부서지는 현실의 객관적 시간 · 108

1부

붉은빛을 쪼갠다

석류를 쪼갠다
석류 알이 붉다
붉은빛 안에
알알이 두근거림이 들어 있다
석류 알을 베어 문 네 입술이 붉다
네 입술의 붉은빛 안에
살을 포 떠 살을 섞는 떨림이 들어 있다
고요를 붙들고 경련하는 천둥이
너와 나의 붉은빛을 쪼갠다

손의 감정

손에서 눈물이 뚝뚝 떨어진다
물에서 돌이 태어나는 결빙과
돌이 물로 녹는 해동 사이에 끼인
나는 다른 나로 흘러왔다
눈이 얼음으로 빛나는 영혼의 시간에
채집한 것은 고드름
고드름을 쥐고 손이 운다

일탈의 순간

율포 바닷가를 거닐고 있는데 돌연
바다에서 바다 밖으로 날렵하게 몸을 내민 팔뚝만 한
숭어가 내게로 쳐들어온다
바다의 수막水幕을 뚫고 불쑥 치솟아 오른 그것의 빛 부
신 도약에 내 맥동이 빨라진다

바다에서 허공으로 월담하는 묘기, 저 벌거벗은 도발
의 춤이
싱싱하다
싱싱할수록 생의 바깥으로의 저 무모한 노출은
위태롭다

한바탕 비릿한 어시장을 휘돌아 나온 돌개바람이 여기
득양만에 와서 휘파람을 분다
풋풋하게 휘파람을 박차고
수평의 일상을 뒤집은 그것
생의 한계를 뚫고 수직묘술을 연출한 그것
죽음의 세계를 일순 낚아챈 그것

14

또 그것은 내 망막에 포획된
일탈의 높이로 떠 있는 반짝이는 실체
도약의 꼭짓점에서 절묘하게 뜬 채로 멈춘
시간이 멈칫 멈추고
내 호흡이 순간 멈춘

그러므로 그것은 온몸으로 돌출한
펄떡이는 언어,
밑 모를 무의식 심층에서 불끈 솟아나
표층을 뚫고 불쑥 튀어나온
언어의 벼락이다
그것은.

절반의 행성

온수 매트를 깔고 나는 밤이면 물 위에
눕는다 가물가물 일렁이는 물의 계단, 물아래로
내려간 잠이 의식을 닫고 숨겨진 해저로 잠수한다
흐르는 잠 흐르는 물 아래서 구름이 흐르고
구름 아래서 달이 뜬다

해가 데워놓은 난류에서는
산호초가 물고기들을 유인해
물고기 비늘에 일곱 음계를 덧칠하곤 했다
형광 빛 환상을 켜기 좋아하는 해파리족속이
꿈속의 꿈으로 너울거릴 때
물 위 아득한 곳에서 늙은 별을 깨뜨리고
눈부시게 폭발하던 초신성에서 나는
먼지로 휘날리며 꿈속으로 들어왔다
첫 양수인 물에서 자라나 물고기가 된 나는
돌연 등뼈를 달고 꿈속으로 들어왔다
물에서 이탈한 이단으로 첫 혁파를 꿈꾼 나는
첫 대지를 밟고 꿈속으로 들어왔다
내 몸 안에서 나온 고향들이 두서없이 꿈 상자에 담겨

출렁거렸다 천은 하나로 닫히고 하나에서 열리는
천의 얼굴이 혼돈의 꿈 화면에 동시 상영 중이므로
시간이 조각나고 장소가 뒤섞이는 거기,

조각난 조각이고 조각의 틈새이고 틈새에 낀 입자이고
흐르는 공간의 흐르는 점인, 나라고 하는
나는 수없이 꿈이라고 불리는 행성을 드나들었다

이제 반쪽 행성에 해가 저물자
잠이 덜커덩 아침 정류장으로 회귀해 멈추고
나는 간신히 물 위에서 일어난다

분리수거의 아침

나는 수거한다
산기가 도는 저 비구름은 분리수거장에서는 쓸모가 없다
쓸모없는 것들이 쓸모없는 구름 아래 모인다
불 위에서 기포를 머금고 주전자가 일상을 끓여내는
동안
나는 지하실로 내려가 죽어 넘어진 별의 뼛조각을 수
거한다

나는 취取하기 위해 분리한다
마당에 만발한 복숭아꽃은 식탁으로 복숭아를 데려왔다
나는 보호막을 벗기고 복숭아 알맹이와 껍질을 분리한다

나는 버리기 위해 분리한다
초승달로 깨진 그릇과 보름달 뜨는 빈 그릇을 분리하고
보름달을 쪼갠다
어제가 바쁘게 폐기된다 어제 신문을 분리한다
새것이 헌것으로 바뀐다 낡아가는 내부를 가린 낡은
겉옷을 분리한다
지나온 길을 바닥에 깔고 닳아 있다 닳아버린 구두를

분리한다

눈동자가 꽃을 떨어뜨리고 단풍을 비틀어대는
취기의 계절에 단비는 오지 않았다
꿈으로부터 착신되는 환청과 내면의
사막에서 삐져나온 신기루 형 착시를 풀어놓고 술이
술을 부르며 어지러운 몸짓으로 빠져나갔다
술을 따라 엎어지며 깨지며 환상 바깥으로 밥이 빠져
나갔다
초록 반경의 집 밖으로 튕겨 나온 빈 술병과
깨진 밥그릇과 이지러져 하현달로 떠난 밥상과…

음표를 몰고 도돌이표들이 통통 뛰어다니는 강물에서
아침이 흘러오고 아침에 폐품이 넘친다
아침 악보가 연주되기 전에 벌써 아침이 낡아 버린다
아침에 수거된 것들이 물질로, 물질 이전으로 떠났다

오른쪽은 멀쩡 왼쪽은 비

내가 서 있는 이곳을
너는 변방이라 생각하고 나는 중심이라 생각하고

너와 내가 마주 서서
너는 네 오른쪽을 동쪽이라 말하고 나는 내 왼쪽을 서
쪽이라 말하고

너와 나의 동쪽과 서쪽에서 우연히도 은빛 비가 들이쳐
우리 몸 한복판을 경계로 한쪽은 젖고 한쪽은 멀쩡한데

너와 내가 절반으로 분화되는 현상을 두고
너는 신기하다 하고 나는 수상하다 하고

네가 비에 젖는 오른손을 들어
네 왼쪽 세상의 구름 사이로 청명을 짚어낼 때
나는 나대로 이쪽과 저쪽을 당겨 눈물에 햇빛을 섞는데

너는 가벼이 앞으로 가고
나는 뒤로 갔다 앞으로 갔다 제자리걸음으로

어느새 네 미래와 내 현재가 등을 지는 이상한 행보가
돼 버려서

앞쪽에서 흘러오는 햇살에
목을 맨 꽃이거나 날개를 걸친 새가 햇살이 숨겨놓은
일곱 개의 미지수를 달고 게임처럼 다가오는
너의 시간에

목련꽃과 목련 잎이 서로 만나지 못하는 목련나무 아
래서
빗발과 햇발이 처음처럼 마지막처럼 몸에서 반짝 만
나는
이상한 나의 시간에

등 뒤로만 걷는 너와 내가
멀어져 간다

접목선인장

꽃 가꾸는 이가 꽃* 핀 선인장의 꽃을 따서
꽃 없는 선인장에게 접붙인다
한 몸이다 타자의 얼굴을 달고 멀쩡하다

지는 해는 뜨는 해이므로
다리 위에서 서쪽의 해가 동쪽으로 모종되었다
일출이 터뜨리는 우수에서
일몰의 광채가 번뜩인다

길이 늪일 때가 있다
다리 위에서 물과 흙이 뒤섞인다
거닐 수 없는 바다는 뭍의 길에 잠겨 있다
당신은 나의 섬, 섬과 섬이 해일을 앓고 밀려와
뭍에서 집을 짓는다

더운 여름과 빙하의 겨울날이 접붙었다
장대비를 맞는 젊은이가 백설을 이고 선 제 모습을 보고
저물녘의 책장을 펼쳐 바람 부는 자서전을 읽고 있다

얼굴을 바꿔 달고 전생을 넘어온 이들이
쫓고 쫓기며 다리 위에서 마주치고 있다
날마다 스토리가 종료되고 극장에 불이 켜질 때
한 생의 상영을 마친 이들이 제 얼굴을 찾으러
길 건너 저쪽으로 가고 있다

* 꽃

꽃핀 자의 꽃이
꽃 없는 이에게로
건너가
꽃이 되는
꽃

생의 이쪽과 저쪽을
시간이 갈라놓았으나
사랑에 닿는 길은
어제와 내일이 만나는
오늘뿐

왼손의 진실 1

왼손으로 글을 쓰는 나는 불편하다
서투름을 감춘 진실이 왼손에서 발각된다

언어 이전의 순결한 침묵을 얼음으로 얼린
순백의 고드름이 왼쪽에서 번들거린다
영혼의 옹알이로 눈 맞추는 아기와 엄마가
왼쪽에서 웃고 있다
천진난만한 것들이 왼쪽에 모여 있다

길들지 않은 세계로 들어가는 문이
왼쪽에서 열린다
지상에 남은 마지막 원시 부족이
왼손에 장신구를 달고 춤을 춘다
시간이 왼쪽으로 돌아가고
모든 어제의 징검다리를 건너뛰어
춤은 부족의 신화에 당도한다 진화되지 않은
시간이 왼손 손금을 타고 흘러내린다

왼손의 원시성, 나이를 먹지 않는 왼손은

미숙한 순수이고 관습 없는 미래인 것
꿈꿀 수 있는 것들이 왼쪽에 남아 있다
너와 나의 첫 순간이 아직도 왼쪽에 남아 있다

왼손의 진실 2

어제처럼 오늘도 보조자의 자리는
왼쪽이어서
오른손의 위력을 자신의 모자람으로 증언하는 쪽은
왼손이어서

모자라므로 세상을 서툴게 사는 가난이
왼쪽에 있다
미숙해서 세상살이에 역부족인 힘의 빈곤이
왼쪽에 있다
힘과 결핍으로 갈라진 이쪽과 저쪽에서
분화된 문명과 미분화의 생태 사이에서
오른손과 왼손이 서로 엇갈린다
엇갈리며 걸어간다
애초부터 엇갈리지 않고는 걸어지지 않는
직립인의 보행법을 두고 거듭
오른쪽과 왼쪽이 엇갈린다

나는 왼손으로 밥을 먹고 아이처럼 밥알을 흘렸다
불시에 좌파적 생활로 바뀐 나는 모든 편리함을 잃었다

오른손의 기득권이 깁스를 한 탓에
느슨해진 일상의 인대가 꽉 조여왔다
꺾인 오른손이 환골탈태하기까지
나는 어린 왼손의 진실에 기댈 것이다

열대어와 열대야 사이에서

열대어와 열대야는 혀 위에서 발음의 혼란을 일으켰다
열대에서 왔으나 열대어와 열대야는 바람을 사이에 두고
앞뒤로 갈리었다 해가 빠르게 생을 넘기는 서편은
바람 없는 바람의 뒤쪽이므로 그곳, 사死의 무풍지대에서
고열의 복사열을 안고 건너온 열대야는
집안의 정물들을 뜨겁게 달구었다
열의 흡수력은 물에서 오는 것,
물의 비등점에서 사랑을 끓여내는 당신은
물기 없는 조형물에 손을 데었다

당신이 젖은 심장으로 당신 바깥의 물에 이끌려간 건
바람 앞에서 격렬해진 열대어 때문이었다 역동하는 작
은 몸이 휙휙 물의 부력을 구부리고 펴는 춤의 선율로
수면이 떨렸고 떨리는 수폭에 당신은 젖은 눈을 열어 비
를 흘리고 별빛을 뿌렸다 산란하는 떨림의 수위가 목울
대를 치받고 차오른 것은 이때였다 그러나 한 세계가 멈
춰버린 바람의 뒤쪽에서는 시들지 않는 씨앗으로 조화
가 피어나 있었다 동작을 잠그고 고체성으로 고착된 거
실의 정물들 속에서 조화들은 꽃들보다 더 열렬했다 사

死가 생生보다 더 뜨거웠으므로 열대야의 열기는 식을 줄
몰랐다 열렬한 완고성이 무풍의 정물들에게서 딱딱한
질감으로 만져졌다 가끔 바람 뒤쪽으로 돌아간 사념이
정물화로 굳어져 갈 때 석회화된 기억은 길을 잃고 멈춰
서 있다

　　길 잃은 생체들과 물체들이 다투어 달아오르고
　　열대야의 화기가 상승해 갔다
　　물질의 열정시대를 쌓아올린 이 세기의 열대의 밤에
　　힘의 무서운 회오리기둥이 토네이도로 출몰한다는
　　기상특보가 광고메시지에 섞여 들려왔다
　　잠들지 못하는 열대야에 열대어들의 유영은
　　점점 유연해지고 빨라진다

창밖의 손

안에서 밖으로 내 민다 내 손이 창밖에
놓인다 창밖 허공이 출렁 휘어진다
휘어진 공간에서 붉게 물든 사과가 떨어진다
노을 한 장을 넘기고 지구를 빠져 나간
그의 우주선은 깜깜한 우주 공간에서 위태롭다
만년 고독을 움켜쥐고 존재의 무중력을 감당하는
그의 손이 우주의 미아처럼 창밖으로 나와 있다

태아들이 행성들을 오가는 중에
미지의 웜홀 밖으로 던져진 한 신생아의 첫 순간,
앗, 무서워 이 허허한 바깥이라니! 낯선 여긴 어디?

지구 행성에 불시착해 지상 대기에 닿고야 만
알몸의 첫 감촉을 끝내 첫울음으로 고했다
우주 유영을 하듯 낯선 바깥을 휘적거리며
꼬막 손 움켜쥐고 자지러지게 첫 봇물 터뜨렸다
이제 빈손이 창밖으로 나와 있다
그치지 않는 봇물이 줄기차게 손금에서 새나와
마지막 울음이 붉어지고 있다

호박 넝쿨

호박넝쿨을 넝쿨 채 끌어당긴다
얽힌 시간이 호명되어 나올 때
얼기설기 엉킨 기억의 줄기 끝에서
호박불빛 흐르는 기차역이 딸려 나온다
가방을 들고 여러 번 역사를 드나들었다

달리는 선로 밖으로 달아난 풍경들이 순간
순간 두서없이 꿈속으로 들어왔지만
바람 몇 장이 덧 발려 생시 기억의 벽화 속에서는
형체 없는 점묘로 넌출 거렸다
점은 이미 형체가 삭아버린 무덤이지만
점은 새로 몸의 곡선을 세워놓는 자궁이기도 해서 네가
사라져버린 점은 네가 어디선가 살아나는 발육의 자리
인 것

얽힘으로 경계를 지운 호박넝쿨에는 그러므로
어제와 오늘이 병행하는 시계가 달려 있다
추억과 현실이 뒤섞인 추상화가 나붙어 있다
어제의 넝쿨에 열린 마지막 호박 한 덩이
오늘 넝쿨째 끌려 나온다

벽, 그 물렁물렁한 것들

바람벽에 빨려들어 이쪽에서 저쪽으로
넘겨진 것들이 기척 없이 모여 사람의
방마다 어둠 깊은 벽으로 박제된 것이어서

나뭇잎을 적신 물방울들이
수만 방울 단단한 구슬로 구워져
여기저기 콕콕 박혀 있는 것이어서
꽃이 구름으로 떠난 후, 어느 꽃구름이
연어 떼를 굽어보며 모천 회귀한
분홍 잣꽃 송이를 목수가 대패질해
잣나무 목질로 세워놓은 것이어서
또 그것은 묽은 갯벌의 숨구멍을 막고
미장공이 반들반들하게 미장해 말릴 때
숨죽인 소라 꽃게들이 꿈틀, 밖으로까지
판화로 찍혀 나온 것이어서
또 그것은 흐름이 멈춘 막장에서 생명의
마지막 아우성을 동결시킨 바다가 물의 법칙을 깨고
수직 방향으로 들려 세워진 것이어서

그러나 바람 앞에서 울고 웃는 산 자들의 비밀을 가리고
도무지 속을 보이지 않는 견고함, 그것 벽이어서
벽에 머리를 부딪는 네 고함소리 비명소리
꼭 그만큼 바람은 점점 거세지는 것이어서

0時
— 막

0時가 0時를 낳는군요
수많은 0時가 나열되는 0時의
다중우주

부재인 듯 지나가 버리는 0時에서
거품이 부글거려요
방울방울 거품 방울들

시인이 모국어로 생의 허무를 노래할 때
　천체물리학자는 순간 속에 감긴 둥근 시간의 파동을
관찰하고
　물리학의 언어인 수학으로 거품의 팽창속도와 소멸에
대한 방정식을 풀어요
　그리고 시인과 물리학자는 함께 가정을 설정하지요
　이를테면, 우리가 관통 중인 시공간이 끝 모를 미로로
얽힌 거품의 그물망이라면……
　혼란한 미로 안에서 얇아지고 꺼져가는 생의 막이 거
품의 질료로 짜여 진 것이라면……
　하여 현실공간이 거품 막 내부이고 이 우주가 거품 우

주 중에 하나라면……

　하여 우리가 여러 거품 우주의 막 안에서 동시에 떠다니는 다중 존재라면……

　그러니까 생시 속 실재는 죽음이라는 막 너머에 있고 시간 차원의 이 삶이 환상으로 조립되는 겹겹의 꿈이라면……

　천체물리학자가 거품방정식의 해를 구하기 위해
　막을 넘어온 0時의 구멍을 들여다보네요
　0時가 열리는 순간, 거품 막 1mm 밖의
　또 다른 거품 방울을 응시하는 군요

　거품 막 1mm 안에 있는 성전에서는
　거품을 탈출한 파스카가
　오늘도 진행 중이라고 선포합니다

　거품을 통과한 이들을 보기 위해
　어제도
　오늘도
　성전 문밖에 사람들이 모여들어요

2부

이마의 주름

녹아내리는 시계 밖에서 녹지 않는 시간이
기억의 고집*을 이마에 주름으로 새겨 넣었다

풍경이 사막일 때 바람은 사막을 주름잡는다
시절이 초원일 때 주름잡는 바람 끝에서
꽃이 하늘거린다
사막과 초원의 주름이 생의 유산처럼
이마에 녹아 있다
허무와 생명 사이를 오가며 구름에 나무를 접붙인 이는
언덕 넘어 목화나무에 열린 구름 솜을 따 모은다
오랜 잠자리를 위해 장만하는 목화솜이불 한 채

돌아온 재의 수요일에
당신의 이마에 패인 고랑이 일렁이고
고랑 사이사이에 재가 얹혔다
최후의 만찬을 나눈 성 목요일에는
새들이 잿더미에서 떼 지어 날아올랐다
비상하는 새들의 대열,
당신의 이마에는 새들이 나는 유선형 주름이 걸려 있다

* 살바도르 달리의 작품명 차용

달리는 잠

차창 안에 잠이 퍼질러 앉아 있고
도로변 마을 풍경이
잠을 두고 달린다
버스 안에서 잠자는 이가
길과 집과 사람을 달고
꿈속으로 들어가고
꿈을 찌르고 나온 나무들이
도로 양쪽으로 줄을 서서 달린다
버스가 잠을 싣고 도심으로 진입할 때
갑자기 복잡해진 노선을 따라
꿈이 꿈속으로 들어가 너와 내가 겹친다
차에서 잠자는 이가 깨어나고
차가 덜커덩 멈춘다
벌써 종점까지 이르렀다
잠자는 동안 정류장을 놓친 채
지나갈 것은 다 지나갔다

분실

오른손과 왼손이 멀다
한 손은 감추고 한 손은 찾는다

나는 나를 감추고 물건을 감추고 중요한 약속을 감춘다
바지가 나를 감추고 있었으나
감춘 것이 드러나자 바지가 없어졌다

평행하는 오른쪽 눈과 왼쪽 눈이 서로 멀다
두 눈은 서로 마주 보지 못한다
한 눈은 찾고 한 눈은 기억을 잠근다
점점 멀어져가는 두 귀집 사이에 안경다리가 걸리지
않는다
하릴없는 안경이 잠적해버렸다
분실물에서 오는 메시지가 귀집으로는 들어오지 않으
므로
찾는 일이 더 난감해진다

분실물 찾는 일이 일상이 된 나는 막상 분실물을 만나면
헛보고 그냥 지나친다. 그렇게 헛보며

어린이가 지나가고 젊은이가 지나가고 지천명이 지나
갔다
　지나간 나는 나를 찾지 않는다
　다가오는 나는 내일의 모습을 열어 보이지 않고
　오늘의 나는 나에게 들키지 않는다

　고리로 변신한 목걸이는 혹여 목 잃은 달이 두르고 있
으려나
　오늘 밤 달무리 지고 내일은 비가 올려나

파편

식사 중 뜬금없이 재채기가 터지고
불에 익힌 파편들이 입에서 튕겨 나온다

아이가 폭발공장에서 태어난 파편을 갖고 논다
뻥튀기 아저씨가 깨알만 한 우주씨알 한 알을 뜬금없이
뻥튀기했으므로 이것은 별, 이것은 별을 향한 나의 고독
이것은 먼지, 이것은 먼지를 마시고 지구를 걸어 다니
는 너의 불안
지구에서 빠르게 감정의 파편들이 번식하고 있다

우주풍선이 날마다 부풀어 오르는 까닭에
맹렬한 속도로 서로 달아나는 것은 별과 별,
우리 사이에 팽창한 감정이 폭발하고
이 파편화의 에너지로 너와 내가 점점 멀어진다
팽창력의 가속화는 척력 탓이고
이는 우주 점유율 73%의 암흑에너지라고
이 비밀에너지의 정체를 밝혀야 한다고
천체 물리학자가 우주로 날아가고
프로이트는 두레박을 들고

캄캄한 지하수를 퍼 올리려 이미 지하로 내려갔다

너와 나로 갈라진 분화구는 무성한 음모로 덮여 있어
뜨겁다
너와 나의 갈라진 간격을 아이들이 금방 퍼즐로 끼워
맞추고 있다
우리의 얼굴 조각은 기하학으로 조립되고 합성되며 지
워진다

언어의 파편들을 짜 맞추는 퍼즐 놀이는 즐겁다
지금은 파편화의 해독이 난해해진 불연속성의 시간
거울이 깨졌다
동쪽으로 튀긴 조각 거울에 내가 있다

성자

여기는 파도 치는 나체인파
자신들의 액을 뒤집어씌우려고
사람들이 만들어 낸 나는 거룩한 성자

광란의 파도가 내 맨몸을 덮쳐 누르므로 나는 이 행렬
의 목적지까지 갈 수 없어요 자신의 시커먼 액 덩이를 내
맨몸에 부려놓는 손, 손, 내 살을 만지고 지나간 손자국
에서는 붉고 푸른 꽃이 피어나요 꽃이 만발하자 나는 뒤
엉킨 무리의 발밑에 깔리고 말았어요 들어봐요 보이지
않게 된 성자를 고함치며 불러내는 저 광분의 목소리를

나는 죽을힘을 다해 숨어 있어요 그리고 거꾸로 가는
거에요 거꾸로 가면 이 격랑의 파도 끝에 발 디딜 대륙
이 딸려 나오겠지요 재앙이 축복이고 축복이 재앙인, 성
자 없는 마을로 나는 가고 싶어요

내 살에서 방금 피어난 붉은 꽃 한 송이를 나는 갈고리
로 건져 올려요 피가 울고 내 살이 캄캄해져요 캄캄해지
므로 처음처럼 물음표갈고리를 귓불에 걸고 끝으로 끝

으로 가는 거에요 중력을 거슬러 사과나무에서 사과가
공중으로 떨어져요 사과나무 곁에서 뒤집어진 내 몸이
이면을 노출시키는 동안 나는 꼬인 무리의 힘에 짓이겨
져 죽어가고 있어요

　나는 제비뽑기해서 뽑힌 성자
　성자 제조기에서 뽑혀 나온
　나는 올해의 유일한 성자

낙지

너의 몸에서는 파랑이 인다
너는 물컹한 살의 파도를 감추지 못한다
살을 감출 단단한 집 한 채 없이
몸에 걸칠 위장술도 없이
낙지, 너는 늘 벌거벗은 알몸이다

    다윗이 옥상에서 몰래 보고 있어
    낙지처럼 미끈거리는 물속의 나녀裸女
    갑자기 관능의 달덩이 하나 불끈 솟아올랐어

뼈는 지상 아닌 다른 별에 묻어두고 왔나
살로만 흐늘거리는 무골의 생,
무골의 위기에서 먹물로 살을 감추는 다급한 순간에
오히려 농익는 네 흑갈색 살빛,
그 검은 연막 속 비장의 요동, 어찌할까
멈출 줄 모르는 네 몸의 저 검붉은 파도를

    달뜨는 몸속에서 달물 왈칵왈칵 쏟아져
    진득거리는 황홀한 밤에 다윗이

낙지 같은 바쎄바를 낚아챈 뼈 없는 밤에
해안가 갯벌은 낙지들의 산란으로 들뜨고

처음부터 유골도 남길 수 없이 태어난 몸이어서
쉬이 죽을 수도 없다고, 여덟 개의 다리 빨판으로
생의 지반에 필사적으로 들러붙는 너의 무서운 접착력
산다는 것은 진득거리는 접착 없이는 가망 없는 일이지
그러니까 집착과 접착 사이로 흐르는 그것!
멈추지 않는 살의 파도
식욕의 동굴인 내 목구멍까지 밀려와 척 들러붙는
너의 무서운 접착과 나의 집착
지금 나는 낙지와 함께 비상경계령에 놓여 있다

휴지의 나날

휴지의 두루마리에서 휴지는 아직 잘려나가지 않았고
휴지의 휴일, 그 여자는 깨끗했다
눈이 내려 색을 덮는 동안 그녀의 감정은 조율되고
평정된 그녀가 흰 옷차림으로 휴식을 즐긴다
그러나 쉽게 지나가 버린 휴일
사람들이 평화로운 목가의 휴양지에서 돌아오고 있다
휴지의 휴일은 끝났다

일요일의 해가 지자 달 아래서 달을 퍼마시고 취기가
충천하는 월요일의 폭죽놀이,
불을 숭배하는 밀교의 신전에서 불의 미학에 열광하며
서로의 심장에 불을 싸지르는 화요일의 불춤,
물로도 불을 끌 수 없는 날이 오고, 팽창하는 욕망과
눈물을 섞어 죽을 쑤는 수요일의 마그마 조리법
나무가 무성하고 바람 많은 날, 정글을 장악하고 고층
을 접수한 점령군이 힘의 하강을 거부하는 목요일의 퍼
포먼스

금송아지를 예배하는 제단에서 오물을 뒤집어쓰고 쫓

겨 난 벌 받은 염소*가 금요일의 광야에 쓰러져 있다

　불에 닿아 끓었던 것들이 배설되고, 휴지는 이미 두루
마리에서 떨어져 나갔다

　배설물을 훔치고 배설의 구멍을 닦아내는 일 그리고
쓰레기통에 버려지는 일, 휴지는 폐지로 폐기되고 있다

　거리에서 쓰레기가 넘쳐나는 토요일에 휴식에서 폐인
의 길에 들어선 이가 염소의 울음으로 자기의 결백을 주
장한다

　영하의 날에 휴일 없는 자본주의의 노상에서 연출되는
설치미술의 어지러운 구도

　노숙 곁에 열수로 채운 페트병과 휴지와 참이슬이 아
무렇게나 널브러져 있는

　직립의 키를 바람 부는 길에 수평으로 눕게 한 바닥이
최후까지 입을 벌리고 있는

　눈물과 황금 변을 닦아내는 휴지의 나날⋯⋯
　그리고는⋯?

* 이스라엘 전 국민이 죄를 벗는 날에 속죄의 제물로 삼은 숫염소를 광야로
　내몰아 죽게 함.(레위기 16/21 참조)

당근 형 비만체질

당신은 빨간 식품을 동의어로 사용한다
침이 고인 당신 혀가 먼저 붉어져 있다
식욕이 왕성한 당신은 이념보다는 건강을 위해
식품의 은혜에 더 동의한다

당근이지!
당신은 내 식물성 발언에 동의한다
동물적인 위험한 발의에도 당신은 친절하게 동의한다
당신의 동의에는 홍당무처럼 불그레한 사적 감정이 녹
아 있다

나는 도마를 꺼내 물기를 닦아낸 당근을
두 쪽으로 쪼개었다
당근이 당근에게 왜 당근이냐고 물었기 때문이다
이제 당근은 당근이 아닐 수 있다?
당근은 붉은빛이 아닐 수도 있다?

물음표를 달고 나온 조각 난 당근 앞에서
당신은 부드럽게 침묵한다

조각 난 당근 사이에 낀
당신 부의 가속화와 빈자의 추락 속도에 대해
당신은 세련되게 침묵한다

당근에 수시로 간을 맞추고
달콤새콤 단맛에 초를 치는 당신은 당근요리사
물음표를 떼어낸 편안하고 안정된 웰빙 식사법으로
당신은 어쩔 수 없는 당근 형 비만체질
안정수호를 위한 우파적 식성으로
당신은 날로 풍요로워지고
길들여진 당신의 소파는 푹신푹신하다

머리카락에서 새어나오는 풍경
— 뱀과 길

머리의 모공에서 어느 날은 검은 실뱀들이
기어 나와요 멜라닌 색소에 절여진 이데아,
이데아의 갈라진 혓바닥이 머리빡에서
엉클어져요 햇빛에 대인 얼굴에 굴레를 씌우고
무거운 이데아를 잡아먹은 욕망의 가벼운 만세 소리,
유배 간 소피아를 부르는 필로의 무너지는 성전 곁에서
얼긴 뱀들의 비늘이 햇빛에 번들거리는 군요
살에는 섬세하게 불꽃이 꽂이구요
심장에서는 두근두근 꽃이 부풀어요
보세요 창세 낙원의 숲에서 잘 익은 뱀의
신화가 머리카락에서 깜박깜박 새어나오는 걸
달콤한 유혹의 속삭임도 머리카락에서
비누 향내 풍기며 나긋나긋 흘러나오는 걸
몸 안에서 나오는 길고 유구한 고샅길
뱀의 등허리를 타고 미끄러져 나가네요
뱀이 엿가락 같은 바깥 길 한 토막을 통째로 삼켜요
다리 위에 눈이 오고 바람이 불어요

뚜껑

장난기가 발동한 아이가 세탁기 뚜껑을
열고 들어가며 말한다
나 꽁꽁 숨을 레 엄마, 날 찾아봐!

문

안

팎

밖에서는 문**이** 쉬이 열린다
안에서 나가는 문 **열**리지 않는다 절단이다
칠흑에 압착된 살이 떨**린**다 경련하는 두 줄기 인광
안에서 절규는 무통이**다** 숨통 다 막혔다 안에서

↓

미지의 死와 生의 기이한 뚜껑

마지막 꿈

생시에 나는 닫혀진 꿈이다
내 꿈 상자는 빈 상자다

꿈의 실향민으로 붐비는 대낮에
구름의 현주소를 문패에 새기고
구름이 유창한 물의 언어를 두서없이 구사한다
빗소리는 세차지만 비는 모래들을 포섭하지 못한다
성난 강물이 사막에 닿지 못한다
낙타의 울음 메아리는 별을 흥정하는 별들의
시장에서 실종되었다
현란한 인공 수상 도시가 가공의 꿈을 복제 중일 때
우리는 진짜 사막으로 나가는 마지막 꿈을 꾸었다
아직 별들이 살해되지 않은 그곳에서
전갈의 푸른 독에 물린 너는
마약 같은 꽃잎으로 피어 떨었다

창

이젤은 없다
그러나 창은 캔버스다

들판 한가운데 우뚝 선 미루나무가
한 사람을 제 그늘로 데려다 놓았다
인상파의 햇빛을 잠근 허공은 벌써 비를 머금었다
고요를 가로지르는 보랏빛 바람이
텅 빈 들판에 주저앉자
풀들이 한쪽으로 쏠리고
미루나무 아래 서 있는 사람이 어두워진다
기우뚱 기우는 그의 몸에서 피어나는 악기 소리
그의 살 속에 축적된 시간의 층계가 아코디언처럼
접혔다 펼쳐지는 동안 그가 젖은 음색으로 노래한다
노래에서 흘러나오는 그의 사랑 그의 고뇌 그의 고적…
그 노래 저무는 미루나무를 덮는다

화가 마그리트가 창에 그려지는 그를 향해 묻는다
이 풍경이 네 안이냐?
밖이냐?

만종

아이들이 학교운동장에서 뜀박질을 한다
아이들이 내지르는 오전 열 시의 고함소리가 창창하다

역사 대합실은 성장이 멈춰버린 어른들로 붐빈다
키가 줄어드는 이들은 주름을 달고
여섯 시에 달리는 기차에서 내렸다

6시가 꼬리를 구부리고 둥근 머리로 물구나무섰다
똬리를 튼 아나콘다가 모가지를 바짝 들이세우고 날름거릴 때,
칼과 방패로 맞서는 두 혓바닥 사이에서 죽어 넘어지는 세상의
언어들, 말을 죽인 혀들이 욕망의 성감대를 핥는 동안
쓰디쓴 침과 다디단 독이 입안 가득 고여 들었다
책들은 메말라가고 잠자리는 점점 축축해 져갔다

피 묻은 낫과 망치를 든 붉은 별은
여름날 황혼이 오기 전에 우상의 전당에서 쫓겨났다
6시의 가로수들이 사람을 향해 모순,

모순이라고 꽃 입술을 색색으로 나풀거렸다 승리,
승리라고 진초록 승전기를 펄럭거린 건 이파리들이었다

서산이 해를 끌어당기는 6시의 메뉴는 미리 부풀린 노
을빵,
서산으로 넘어간 이들이 초대되어 식탁에 둘러앉았다
주검을 먹는 식사의 장구한 유전적 생리는 아직 개조
되지 않았다

정오에 만난 이들이 가장 멀리 떨어져 직선 상에 선
여섯 시에 중세의 만종이 깨어나 울었다
먼 어제가 다가왔으므로 헤어진 이들이 저물녘에 만나
떨리는 초침 같은 서로의 심장을 매만졌다
이제, 새들이 돌아오는 시간이 오고 사람은 집으로 간다

0時
— 합환지

시발지와 종착지가 동일한 원형회로는
전회輾回와 신생의 동력으로 가동 중이다
동산과 서산이 서로 마주 다가와
뜨는 해 지는 해가 포개진다
열리는 0時 안에
닫히는 0時 안에
자궁과 봉분이 합환지를 끼고 맞물린다
찰나가 영원처럼
짹깍째깍 처음 시간이 0時에서 걸어나온다
시간이 시간을 잇대어 거느리고
먼 길을 걸어 나간다
영원이 찰나처럼
시간이 시간을 죽이고
마지막 시간이 0時로 회귀한다
영원이며 찰나인
0時를
나 방금 지나오다

3부

순간의 부유

그때 바람은 보이는 바람이었다
꽃비 내리는 연분홍 꽃 이파리를
하염없이 쓸어 옮기는 중이었으므로

그때 불로동 벚꽃 길을 거니는 이가
바람을 쫓아가며
땅에 누운 꽃 이파리를 한 줌 주워 모아
훅 불었다

꽃 이파리가 하늘하늘 나풀거리고
이 한순간의 부유가 백 년을 가로질러 갔다
순간 속에 숨은 천 년이 꽃빛으로 환히 웃었다

달밤의 바다

밤은 땅 위의 그늘을 거두어
바다를 덮는다 바다는
달에서 보는 하늘처럼 검다
검은 바다에서 환히 달이 뜬다
검은 바다와 검은 하늘 사이
나는 여기 있고 너는 거기 있고
말소리가 가 닿지 않는 달에서처럼
영혼의 홀소리로 네가 홀로 검게 익어갈 때
바다로 나온 내 살갗은 벌써 달빛은사슬에 꽂혀
분홍 열꽃이 핀다 내 몸 숨구멍마다에서
닿소리를 불러내는 달의 인력
닿고자 하는 출렁임만으로 달밤의 바닷물이
네 영혼의 해변을 향해 밀물로 가는
지구의 검은 바다에 달이 떠 있고
달의 검은 하늘에 지구가 떠 있다
내 안에 네가 떠 있다

그 여자는 늦가을에 왔다

그 여자는 늦가을에 왔다
그 여자가 오기 전에
겨울이 수없이 다녀갔고 봄이 또 부지런히 와서
그 여자가 없는 세상에
부시도록 연둣빛 떡잎들을 부려놓았다
강물은 여전히 구름을 싣고
그 여자 없는 시간을 푸르게 흘렀다
흐르는 강가에는 산도 나무들도 그대로 있었다

그 여자 몸속으로 나는 왔다
나이기 이전에 나는 어느 몸에도 없었지만
나 없는 집에서 밥상이 차려지고
나 없는 집 마당에 달이 떴다
달빛 열두 가락이 인연의 띠로 달려
멀리 있는 엄마 아빠를 미리 비추고 있었으나
그 소년 소녀는 그때 남남이었다

그 여자의 나는 늦은 가을에 왔다
없던 내가 어느 날 몸을 입고 내가 된 나는

생각되어 생각하고 말이 되어 말하는 나는
그러므로 스스로 있는 자가 아닌 나는
너이거나 그이어도 상관없었다

스르르 묶인 매듭 한 마디가 풀리는 소리
휘감긴 오라줄 같은 미역 줄기 풀어진 시원한 국물 맛
후르륵후르륵 생일날, 너와 그와 함께 지구별에서
그 여자 미역국을 먹는다

그늘진 모퉁이

너는 보지 못하고
너는 보이지 않는다
너는 죽었다

우리는 날이 어두워지면 백 리 잠 길을 걸어
어둠이 유산인 무덤 안으로 들어간다
죽음의 형식은 밤에 이루어진다

닫힌 어둠 속에서 눈을 뜨고 있다
'나'를 보지 못하고 '나'에게 보이지 않는
태생적 문맹을 앓은 눈이 빤히 눈을 뜨고 있다
그 눈 스스로는 한 번도 본 적 없는 제 얼굴에
오백 년 동안 딱 붙어 지층에서 미라로 잠들어 있다

밤의 눈동자인 달이 뜬다
그녀 검은 동공에 뜨는 달
열린 어둠 속에서 눈 맞추는 그녀의 눈빛
보는 눈은 보여 지는 눈이라고 말하는 눈빛

볕 따가운 날 나는 빛에 눈이 찔린다
내가 부신 눈으로 가까이 다가가 그를 볼 때
그는 무심히 먼 데 나무를 본다
유심과 무심 사이 근거리에서 원거리에서
쌍방향으로 가는 엇갈린 시선이 순간 출렁인다
두 시선의 횃대 위에 따로따로 쓸쓸한 바람이 걸터앉
는다
불통의 모서리에 끼어든 적요가 의미 없이 붉어졌다
구름의 시간이 기척 없이 다가와 꽃을 덮고
그 그늘의 모퉁이에 그와 내가 서 있다

그림자와 상사화

빛이 질료인 붓
붓끝에서 쏟아지는 먹물
나는 그림자의 붓을 훔쳐내지 못한다

그림자의 지성소에는 역설의 신이 거주 중이다
빛의 나라에서 태어났으나 어둠의 수호자인
그림자에서 흑백 두 척력이 맞물린다
출몰하는 구름 급습하는 그늘이 그림자를 죽이고
그늘의 영토가 그림자의 묘지로 넓어진다
비 오는 날들이 그림자 없이 지나갔다

'나' 없는 그림자들이 질펀하게 누워 있는 묘지에
날이 개이자 그림자가 즉시 나를 잡아들인다
존재의 입체성을 평면의 구도로 단순화한 그림자는
내 본성의 고정값을 파기한 자리에서 획을 돌려치고
둘레 안으로 나를 밀어 넣는다 바탕이 검다

시간을 사용하지 않는 그림자의 붓
그림자의 변천상을 아무도 시간 안에 수집해 놓지 못

한다
  불연속성인 그림자는 푸른 추억을 보존하지 않는다
  눈동자에서 빛이 기울자 검은 그림자가
  벌써 앞으로 다가와 있다

  사라지기 위한 일회적 공간은 적요하다
  적요한 공간에서의 긴 그림자!
  나와 그림자 틈새로 소슬한 바람이 일어 그림자가
  휘어진다 휘어진 그림자 끝에서 꽃이 피어나는 저녁
  나는 꽃 한 송이를 전해 받는다
  일생 서로 만나지 못해 건네주는 꽃이라 했다
  그림자 없는 내가 그림자 달린 내게 상사화를 보내온
것이다

누가 내일 날씨를 묻고 있나

시퍼런 칼날을 딛고 춤을 춘다
칼날보다 더 시퍼런 혼백을 뒤집어쓰고
하늘을 헤집으며 구름을 뭉쳐
그녀는 연거푸 솜사탕을 뜯어먹는다
그리고 익숙한 솜씨로 과거의 배를 가른다
삭아 흐늘거리는 창자를 꺼내 신나게 흔들어 보이고
그녀가 유령의 터널로 사람들을 데려간다
마치 중성미자의 행군처럼 죽은 이들이
산 자의 몸속을 통과하며 이동하는 사이
산 자의 살 속에 흘린 저 세상 사람들의 말을
살 밖으로 불러내느라 그녀의 눈에 불길이 충천했다
그러나 불길 너머는 어두운 밤이다
지평선에 떠 있는 미래의 도시는 캄캄하게 잠겨 있다
다시 한 번 칼날 위를 걸어보라고,
그녀의 발바닥에 들러붙는 이 세상 매콤한 먼지를,
먼지 속에서 어지럽게 우글대는 벌레들을,
또 그 벌레들의 시뻘건 음모, 음모를 가리고 있는
장막이 칼날에 서늘하게 베어지는 걸 보여 달라고
굿판을 벌인 사람들이 그녀를

위험한 칼날 위로 자꾸만 떠밀어 세워도
그녀의 발바닥에서는 피 한 방울 나지 않았다

대문 밖이 술렁인다

몰래 마실 간 할머니를 기다리는 어린 눈에 눈물별이
떴다 마당 가 등나무 아래서 아이가 눈물 그렁한 눈을
깜박일 때마다 파르르 떠는 젖은 등나무 꽃 이파리 뚝뚝
떨어진다

마침내 아이의 울음은 담장 네 모서리에서 꺽꺽 꺾이
고 울음 꺾인 아이가 대문 밖으로 나와 쪼그리고 앉는다
팽팽한 분홍 볼에서 웃음이 훌쩍 빠져나간 아이의 조막
손에 바람 빠진 풍선 하나 들려졌다

어르고 달래는 엄마의 시름이 벌써 일몰처럼 붉어지고
어둠이 머뭇머뭇 골목길을 막아선다 아이의 눈 속 별이
허공에다 하나둘 별을 불러낼 즈음 어디 숨어 있다 나타
났을까

귀가 밝은 워리 꼬리를 흔들며 냅다 달려나가 골목 끝
할머니의 발자국 소리를 물고 오는 거기, 할머니의 정겨
운 목소리 아가! 내 새끼, 오래 기다렸구나

열렬한 기쁨과 울음으로 지샌 아이가 내 몸의 살 밑에
서 눈을 빛내며 걸어 나온다 옛집을 돌아 나온 저녁이
옛집의 불빛을 이곳 대문에 달아놓았다 오늘은 대문 밖
이 술렁인다

달빛 붓

감은 눈에 어둠이 보인다 뜬눈으로도 어둠이 보이기까
지 그녀는 저물녘으로 들어가 먼 길을 다녀온다

칠흑이 고인 눈에선 어둠이 둥글게 열리고 열린 구멍
에서 달이 솟을 때쯤 보인다

먹빛에 달빛이 고여 드는 것 달이 산마루에 걸터앉아
살짝 먹물을 찍어 달빛 붓으로 만수산 능선을 쓰윽 쓱
그어내는 것

능선 아래로 거뭇거뭇 먹물이 번지는 것 산이 묵화 속
으로 들어가 잠기는 것 그리고

달빛 붓으로 새 없는 둥지마다 달 점 한 알씩 콕콕 찍
어 넣는 것 동그만 둥지에 침묵이 동글게 부화하는 것

구름밭에 숨었다 나온 달이 다시금 붓을 들 때 황막한
겨울나무들이 떨며 만수산의 먹빛을 흔들고

달은 제 괴괴한 황무지의 적요를 빈 가지 끝에 뚝 뚝 떨구어 놓는다

달의 검은 하늘 아래서 먹으로 절여진 고독의 문장이 사람의 적막을 부풀리는 집집의 유리창에 줄줄이 흘림체로 흘려진 날

달의 서체를 만지며 눈앞이 먹먹한
그녀가 울고 갔다

무릎 아래로 꽃이

달빛에도 무릎을 베일 때가 있다
달팽이 속살 같은 고독이 서식하는 뼛속은 황량하다
제 안으로 선회해 파고드는 무릎은 달팽이를 닮았다

이곳에서는 걸어가는 무릎 아래로 꽃이 핀다
꺾이는 바람의 관절에 꽃이 떨어진다
꽃을 꺾은 바람은 결국 뼛속으로 돌아와 있다

무릎에서 소리가 나는 날이 있다
최초의 직립인이 무릎을 세운 순간을 알리는
우드득 뼈 부딪는 소리, 멀리서 걸어온 길이
무릎 고랑에 유적을 남겨온 무릎의 주름
무릎은 애초부터 늙어 있다

눈이 시리다 뻑뻑한 눈 안으로 빨려 들어온 형체들을
바람은 어느 뼈 없는 꿈으로 흘려보냈을까
바람의 방식으로 송곳날을 갈아붙인 풍상들이
생생하게 뼈를 뚫어놓은 탓이겠지만 무릎 구멍에서
수시로 튀겨 나오는 것은 죽은 꽃, 거기 바늘을 찔러

넣으면
　꿈에 몸을 입지 못한 것들이 걸쭉한 액상으로 뽑혀 나
온다

　뼈에 갇힌 새가 뼈를 쪼아대는 소리
　무릎으로 뼈들의 울음이 몰려오고 있다
　유전하는 고독이, 뼛골마다에서 응축될 대로 응축된
　늙은 고독이 거대한 힘으로 몰려들고 있다
　하여 꿈꾼다
　고독의 참을 수 없는 빅뱅을
　무릎에서 싱싱한 별이 솟는 저녁을

달집

보름달이 뜨는 저녁이면 지인들을 불러들여 함께
밥을 먹는 집이 있다 사람들은 그 집을 달집이라 했다
나는 저녁을 먹으러 달집에 자주 갔다
탁 트인 한옥의 대청마루 앞으로 달이 들어와 있곤 했다
달의 알을 밴 꽃게나 명태가 붉은 혀 위에서 알들을
터뜨릴 때는 보름달이 폭죽 터지는 광채로 빛났다
보름달에서 내려온 달빛 춤이 여릿여릿
잇몸 안으로 끼어들고 달빛 사슬에 꿰이는 웃음구슬로
밥상 둘레가 환하게 수런거렸다
서로의 안부를 묻고 떠먹는 따뜻한 국물과
서로의 우환을 다독이고 싸먹는 쌉쌀한 머윗잎 쌈과
아이들의 희망을 전하고 발라먹는 감칠맛 나는 게장
과…

나는 달집을 떠나올 때 달을 뒤돌아보았다
달집에 모인 웃음소리에 발목이 붙들려 불 밝은 달집을
자꾸 뒤돌아보곤 했다

내가 혼자 먹는 밥상 앞에서 마음이 달집으로 달려갈

때에
　나는 그 집 울타리 밖의 대숲을 생각했다
　달집에서 길로 나오기 위해서는 대숲을 질러와야 했는데
　스스스 댓잎 스치는 바람이 문득 나를 불러 세우곤 했다
　바람이 바람 앞의 나에게 텅 빈 바람의 발성법으로
　어디 가느냐고 물었으나 나는 내 집에 대해서 말하지
못했다
　그 지점에서 길을 잃고 길 없는 대숲을 헤매기 일쑤였다
　대숲에서 물소리가 들렸고 흐르는 것들이 바람을 따라
가는 소리가 들렸다 나는
　이 흐르는 것들을 따라 길로 나오곤 했는데, 이때
　대문에서 배웅하며 귀띔해 준 안주인의
　목소리가 뒤 따라와 다시금 나를 불러 세웠다
　난이 꽃을 틔우면 그믐밤이라도 부르겠노라는,

　그 후로 나는 그림자 없는 밤을 틈타
　그믐밤에 그림자가 감춘 달을 맞으러
　달집을 또 찾게 되었다

떠는 나뭇잎

만추의 밤길을 지나갈 때
가지 끝에 마지막처럼 매달려 떨고 있는
단풍잎을 보았다
추색秋色이 짙은 나무들 여기저기서 혼자씩 떨고 있는
나뭇잎들을 보았다

바람이 불었던가!

바람이 불어 배경이 흔들렸던가!

흔들린 배후를 두고 본체가 더 요동쳤던가!

당신은 식을 줄 모르는 고열로 떨었던 적이 있다
나는 당신의 고열에 전염되어 있었다

불 켠 몸의 격랑인 떨림
그것은 처음엔 두근거리는 심장의 파도였고
그것은 또 일상의 권태를 죽이고 위기를 부추기는
쿠데타의 율동이었고

그리고 그것은 뇌운雷雲을 쪼개듯이 나중까지 이변을 몰고
들이닥친 공포의 파동이었던 것

생의 둑을 트고 터져 나오는 울음의 경련,
그 추락 혹은 변신을 위한 춤이
가을이 깊어
사람에서 나무에게로 기척 없이 번지고 있다

순간포착
— 귀환

아직 율포 바닷가에 서 있었고
일탈에서 귀환으로 순간 이동하는 숭어를 보았고
우연히 숭어의 순간과 나의 순간이 번쩍 마주쳤고

순간은 순환회로에 감긴 아득한 시간일 것이므로
순간은 종의 분화 이전으로 회귀하는 너와 나와의
먼 시공의 압축일 것이므로
순간은, 그러나 순간을 불러내는 순간이어서
바람의 계단을 오른 근육으로 풍경을 구부리는
너의 비약과 반동 사이에 내가 순간 끼어든 것인데
오름의 절정에서 곤두박질치는 낭떠러지에
햇살이 부서지고 내 몸 안의 물결이 출렁이고
입수는 익숙하게 완료되었지
도약의 높이가 깊이로 전복,
일탈은 귀환으로 전이 되었지
네 일탈이 유인해 온 바깥이 안으로 잠겨
물이 불꽃을 피우는 이변이 일고
파도의 표정은 돌연 낯설어졌어
그리고 미끄러운 정점에서 투신해 내리꽂힌 자리,

그 오르가슴에서 싱싱한 산란이 난사되고
톡톡 튕겨 오르는 빛 방울 돋을새김 글자들!
물의 지면을 얇게 떠 탁본하는 손이 떨렸어

숨 쉬는 독

나 없는 나는 숨을 쉽니다 안과 밖이 잘 드나들고 있습니다

잘 구워진 내 갈색 몸통에서 미끄럼을 타는 공기알들이 소소한 내 들숨으로 들어옵니다 바람에게로 떠난 사람의 젖은 숨결이 소소한 내 들숨으로 들어옵니다

몇 번의 묘실과 거실 사이를 오고 간 그 거리를 불가마 속에서 녹여 지운 나의 서사를 나는 날숨으로 어느 시인의 백지 위에 올려놓기도 합니다

오고 간 세상을 하나로 반죽해 잘 삭인 내 날숨은 내 몸의 기록입니다 어느 별집 초당에서 사랑을 나누던 채로 끌려 내려와 나 몰래 몸을 몇 번 바꾸고 몇 순간, 몇몇 행성을 유전流轉한 이래, 백제의 저잣거리에서 사온 토기로 밥을 먹던 시절이 내 양어깨로 흘러내리는 둥근 선線을 따라 두 줄 구름 문양으로 살아나고

고려에 들려 청자를 빚었던 도공으로의 눈은, 먼 길을 돌아와 비움으로 만삭인 내 배 위에서 반짝이고, 생명의

변주곡을 따라 땅 밑 층층의 층계마다 다른 이름으로 묻혀 삭은 흙에서 항아리가 되어 온 내게로 누구는 누대의 메아리를 들으려 얼굴을 들이밉니다

  삶이 무거운 어떤 이는 창밖으로 여윈 손을 내밀어 무게도 없는 바람을 만지고, 내 공명을 엿듣기도 하는군요

  사람이 내 안에서 하늘을 퍼내는 것은
  내게 색을 집어넣기 위함이지요
  적극赤極에로 치오른 고추장과
  사해의 노오란 사각 달을 추색으로 녹인 간장과
  춤으로 몰려와서 춤이 살을 두고 썰물로 빠져나간 은빛 멸치젓갈과……
  색을 발효시켜 맛으로 바꾸는 나는 깊어가는 서책입니다
  귀 밝은 밤에 깨어난 시인이 나를 열고 오래 묵은 책장을 넘겨
  나를 맛있게 읽습니다 그리고는
  고요한 날, 나 없는 내 숨소리를 베껴 갑니다

0時
— 틀

깨졌다
벽에 붙박인 벽시계

깨진 틀에서 빠져나온
0時가
수집하는 것은
깨지지 않을 틀

그리고 틀 없는
틀

4부

입 없는 귀

후박나무에서 커다란 귀가 펄렁거린다
꽃으로 언어를 밀어내버린 식물성의 순수소리는
아득해서 이 세상에서는 들을 수 없는 소리라고
후박나무 잎사귀에 귀를 대고 너는 말했다
먹히는 즐거움으로 완성된 나무의 침묵이
우리의 눈 코 입으로 들어오는
꽃과 향기와 열매에 대해
이를 즐기는 감각의 향연에 대해
우리는 할 말이 많았다
우리의 말과 말 사이로 빗방울이 뿌려져서
후박 잎 귓바퀴에 맺히는 물방울
그 물방울 속에 담긴 허공이 부풀고
물방울 막, 안팎 허공의 비밀도서를 펼쳐 드는
나무의 귀가 점점 싱싱해지고
이 순간 나뭇잎에서 나오는 오래된 시의 잎맥 문자를
우리는 다만 손가락으로 더듬을 뿐이어서
바람이 살짝 웃으며 지나가고
후박나무 귀는 더욱 크게 펄렁거렸다

새가 되는 날

비가 와서 빗물이 고여서
빗물에 신발이 젖는 걸
구름을 밟아
구름 속에 푹 발이 빠진다
고 그가 말한다

흩날려서 비처럼 내려서
바닥에 누워버린
벚꽃 잎을 밟고
그와 함께 걸은 적이 있다 이때
나무에서 분홍으로 설레는 꽃잎을 밟고
나무에서 나무로 가는 이건,
공중 보행법이라고 그는 내게 귀띔했다

공중 보행하는 그를 따라
추락의 힘으로 나무에게 복귀한 그날의 꽃잎에
나는 입 맞추었다

사람이 새가 되는 날이 있다

보석나무 곁에서

빈 나뭇가지에 누가
물방울 종을 매달아 놓았나요
바람이 가만가만 종을 치고 가면
반짝반짝 빛나는 보석
방울방울 깨지는데
깨진 종소리는 누가 누가 듣나요

대추나무 곁에서
아이들이 동요를 부르고 떠난 후
연인들이 다가와 서로 물었다
사랑을 물방울 속 허공으로 올린 이는
비님인가, 나무인가
삶의 막은 얇고 허공은 부푸는 것
연인들은 물방울 속 빛 방울을
섬세해진 손가락으로 건드린다 그리고
연인들이 입 맞춘 순간 두 혀 사이에서
물방울 종소리가 번갯불을 흘리고 궁굴었다

그네가 그네를 탄다

그네가 혼자서 그네를 탄다
아이가 그네에서 내렸으나
그네는 아이를 내려놓지 않는다
그네가 붙든 아이의 온기와 환한 기억으로
그네가 그네를 탄다
아이가 풀어놓은 푸른 바람에 실려
그네가 그네를 탄다
아이가 구름을 걷어놓고 간 해 아래서
햇발 동아줄을 잡고
그네가 그네를 탄다
동서남북의 분별을 떠난 그넷줄 사이를
새가 통과해 날아간다
시계추가 멈춘 시계에서 시간이 가고 있다

소리 새

대숲에 들어 대나무들이 술렁이는 걸 보았다
대나무들이 술렁이는 것은
새 한 마리가 공중음계를 충충이 켜고
날아오르는 까닭이라고
공중음계에서 튕겨 나온 음들이 햇빛을 꿰차고
반짝 날아내리는 까닭이라고
발설하는 대나무들의 푸른 몸짓을 보았다

공空을 처음으로 하늘이라 부른 이는 누구였을까

댓속 오름길이 텅 비어 있다

새의 뼛속이 비어 있다

빈 뼛속에 하늘을 감춘 새가 대숲으로 날아들자
마침내 사람의 떨리는 숨결이 대의 빈 길을
산조가락으로 뽑아 올렸다 이때였다
대금구멍에서 흘러나온 소리 새가
사람의 말을 비워낸 금빛 음률을 펼치어
활짝 날개를 펼쳐 든 것은

목련 꽃밥

목련나무 한 그루가 거느리는 목련마을에서는
요즘 들어 수북수북 흰 고봉밥 퍼내 놓는 일로
분주하다 깊은 밤 어둠을 퍼서 쌀을 씻고
가마솥에 불을 지펴 밥 짓는 그녀의
새벽 부엌을 달이 기웃거리고
달집 주방에서도 그릇 달그락거리는 소리
달빛에서 붐비는데

길바닥에 납작 엎어져 달빛 이명에
배가 고픈 이들
오메! 저 목련등불이 켜는 환한 눈물 좀 봐!

나무 꽃대에서 꽃대로 꽃밥 나르는 아침
흰 고봉밥 퍼내 온 두리반 밥상
한뎃잠을 털고 일어난 이들 우르르
아침밥상으로 몰려들어 볼때기 불룩하게 고봉밥 먹는
오메! 저 흰 목련꽃밥 자꾸자꾸 번지는 걸 보라구!

그래도 사람과 사람이 세상이라는 이름 의 피륙을 짠다

바람 부는 날이면 우리 할머니는 목화밭으로 달려가시
곤 했는데 구름으로 흩어지려는 목화송이를 힘겹게 따
모아 새처럼 모이주머니에 넣어갖고 와서 잘 삭혔다가
명줄만큼 질긴 무명실을 토해내곤 했는데

우리 엄니 아부지 몸에서도 밤낮으로 자잘스레 물레는
돌아 몸 밖으로 빠져나온 색색의 실 가닥, 할머니의 무
명실과 합사合絲하는 날에는 기운 오른 손가락으로 뙤약
볕을 끌어당겨 실 한 올 햇빛 한 올씩 짱짱히 엮어 피륙
을 짰는데

우리 할머니가 마당가 꽃밭에 나와 앉을 양이면 꽃들
은 풀잎과 이마를 맞대고 베틀 속으로 들어갔다 나오고,
그럴 때엔 피륙에서 하늘하늘 꽃무늬 풀잎 무늬가 피어
났는데 고모 시집가서 입으라고 꽃무늬 물결무늬 바탕
에 사람과 사람 무늬를 정성껏 넣어 치마저고리를 지으
셨는데

이때 말씀하시길 세상이란 자연의 품 안에서 사람과

사람이 엮어가는 가없는 피륙이라 하셨는데 시집간 우리 고모는 치마저고리에서 모조리 무늬들을 도려내 버리고 세상을 향해 맨날 울기만 했는데 허방을 딛다 자주 넘어져 발목이 삐기도 했는데

  그러면, 세상의 뚫린 구멍들을 짜깁기 위해
  지금 눈물 어린 달빛 계곡을 넘어오는,
  함께 모여 누에처럼 고치를 맨몸으로 짓고 있는
  사람, 사람들이 보여? 보이냐고?
  고모는 황량한 이방인이 되어 허공에 대고
  드높이 묻기만 하면서 할머니의 베틀을
  구식물품 폐기소에 내다 버리려 하는데

11월 11일의 상봉

친구와 상봉한 날 약속이나 한 듯이
이쪽저쪽의 팔이 1자처럼 번쩍 들려졌고
서로 얼싸안았지
이날 우리는 깊어가는 가을 숲을 보며
젓가락 넷으로 마주앉아 밥을 먹었어
우리는 11월의 단풍을 꽃이라 호명했지
키 큰 나무들이 우듬지부터 꽃을 달고
봄날보다 더 융숭 깊은 빛으로 다가왔지
나는 11월로 흘러든 친구를 단풍 꽃 아래서
무심결에 애야! 라고 불렀어
친구는 웃으면서 나를 가시네라 했지
아이와 가시네가 네 다리로
나무 사이를 걸어가며 말을 주고받았어
단독자인 1이 1을 불러들여
쓸쓸함을 나누는 저물녘인 11월
그러나 둘이 하나일 수는 없는 11일이 저문다고,
처음의 하나와 나중의 하나 사이 그
아득한 길로 나온 우리는 길의 포로라고,
그리고 우리는 1의 지평선을 향해 서 있었지

1 너머의 0

0 너머 불가사의한 무한을 향해

십이월의 장미

　찬바람이 몰려다니는 십이월의 장미꽃은 초췌하다 마
지막 계절에 당도한 장미꽃이 떨고 있다

　떨리는 장미의 숨결이 손가락에 닿는다 그 손가락 끝
에서 새로운 장미꽃이 싱싱하게 피어나리라는 장미의
전언을 듣는 동안에 장미와 나와의 마주 보는 시선이 몇
번 출렁였다 눈빛 사슬을 박차고 추락하는 것들과 비상
하는 것들이 휙 교차하며 지나갔다

　구름 덩어리를 누가 밀대로 쭉쭉 밀어 십이월의 허공
에 회색 밀반죽을 한가득 펼쳐 놓았다 몇 조각 떼어내
수제비를 빚어 먹어도 좋겠다 구름 수제비에 매운바람
한 가닥 걸쳐 머금은 장미의 입술이 검붉다

　너를 바라본 눈동자 속으로 빨려 들어온 네 싱싱한 고
혹과
　코로 스며든 네 향취의 황홀과
　입술로 부딪쳐온 네 입술의 마력과…

장미가 벗어버린 장미의 매혹은 이 거리에서는 어제의 추억으로 남았으나 어제를 넘어온 오늘 장미는 죽지 않았다 이 길 끝에서 쓸쓸함도 꽃이 되는 너를 만난 것이다 장미의 서쪽이 장미꽃 빛으로 붉어지는 일몰의 시간에 번들번들 금빛 징소리를 흘리는, 놋대야만큼 커져 있는 햇덩이를 나는 맨눈으로 쳐다보았다

빈집에서 날아오르는 불새

초록은 빛을 향수해 햇빛을 물고 싱그럽다
혈관 길로 지구를 두 바퀴 반을 도는 혈류의 1분은
붉은 파도이나 자전하는 혈류가 도돌이표를 자르고
몸속에서 거짓말처럼 멈춘 뒤에도
구름을 띄워 올리는 강물은 시간의 유속을 멈추지 않
는다
지구를 가로질러 가로속독법으로 세계의 만물을 훑고
나온
바람이 마지막은 막힌 귀로 들어가 눕는다
땅끝 역에서 휘몰아치는, 우우 바람 우는 소리
할 말은 아직 남았는데
식어버린 입술에 말의 유체들이 떠돈다
심방에서 태운 불꽃이 꽃으로 가는 시간이 와서
꽃이 너울져 나비춤으로 붐빌 때
골목, 저쪽 집에 불이 켜지고
이쪽 창에서는 눈물을 다 흘린 눈에서 불빛이 꺼진다
불 꺼진 집 아홉 창문이 껌껌하다
순수 어둠이 비단처럼 펼쳐져서
집을 비우고 비로소 날개를 펴는 불새가

훨훨 하늘로 날아올랐다

비밀 통로
— 배티

아직도 꽃의 언저리에서 서성거린 사람들이 함께 모여
어디론가 떠나기로 했다

봄의 길목에서 삐져나온 길 한 가닥이 우리 일행을 유
인해 첩첩산중으로 데려간다

사월을 훌쩍 뛰어넘고 얼마쯤 시간을 거꾸로 치오른
그 길 끝에는 배티로 들어가는 비밀통로가 달려 있다

비밀통로! 아무나 들어갈 수 없는 길, 죽기 위한 죽이
기 위한 입문의 통로였던 길을 우리는 차 타고 아무렇지
도 않게 진입한다

구불구불 구절양장이 춤을 추는 이 길에서 생의 체기
는 북바쳐 멀미를 하고 멀미 끝에 당도했다

불 인두로 지져낸 신의 문신들이 묻힌 이곳은 자신의
이름까지도 떨쳐낸 무명의 묘역! 이름 모를 꽃 이파리들
팔랑이는 곳

칼날에 번뜩이는 무명의 향기에 피와 빛이 만나 번개 한 획이 번쩍! 뻗쳐 일어선다

순간, 꽃 무더기는 정수리를 후려치며 떨어져 내리고 꺾인 꽃대 한 촉 산자의 가슴에다 핏물을 찍어 일필휘지하고

그리고는 고요해졌다 신의 고독한 묵언으로 차오르는 고요 속에서 나는 내 허망한 소요를 들키고 말았다

해미 회화나무의 성전

해미읍성에는 삼백 살이 넘은 회화나무가 살고 있지
불룩하게 불거져 꼬여든, 환부 같은 옹이에
어떤 이는 제 몸속 혹 덩이를 살짝 얹어놓고 가네
못 볼 것 보았지 못 볼 것 보았어
나무가 백 년 동안 중얼거린 말을 수피로 봉인하고
겉으로는 침묵이네

해 뜨는 동쪽 가지에다 천주학장이들 머리채를 매달아
매칠 때 나무속 골목으로 울컥울컥 스며드는 울음의
붉은 물살, 머리카락을 잡고 비명의 뇌성을 따라
누가 저벅저벅 나무속으로 걸어 들어가네

갈래갈래 뻗은 골목길에 즐비하게 푸른 등을 내건
이파리의 창문들이 무더기로 열리고
울음고치에서 비단실을 뽑아내 꽃을 짜는 베틀 소리가
나무속 방마다 환하게 피어나네
꽃이 개화하고 회화나무는 환생한 꽃들의 환호 소리를
자꾸만 제 몸 밖으로 퍼 나르네

나이테를 감고 있는 나무의 원형광장,
그 기억저장실에 환히 불이 켜져 있네
병인년 무명 순교자의 타임캡슐에서 혈흔의 어록이 열
리네
살이 회처럼 저며지고 뼈가 꺾인 몸을 한 장씩 넘기며
꽃은 그날의 핏방울이 묻은 제 자서전을 낭랑하게 읽
어 내려가네

무명의 순교자들을 하늘로 올린 해미 회화나무의 꽃
분향
이미 허명을 지워버린 괴화槐花 만개한 회화나무 성전
에서
나는 내 이름을 대지 못하고
말에 닿지 못한 몇 낱 모음들을 흘리고 왔네

어떤 설치미술

우리 아파트 경비 아저씨가 고물 시계 하나를 주어 경비실 옆의 은행나무에 걸어 놓았다 현실 밖으로 빠져나온 달리의 시계처럼 일상의 시간이 시계 안에서 녹아내리고 있다

현실 속 권태를 내다 버린 쓰레기통에서 그가 건진 폐품으로 만들어 세운 물레방아도 시계 아래에서 잘 돌아간다 그리고 그 곁에 세워놓은 대형 거울 한 점, 바람 불고 비 내리는 안쪽, 나무속에서 사람 몸속에서 굴러 나온 두 개의 시계가 거울 안에 나란히 놓여 있다 나무를 십 리쯤 앞질러 달려가는 사람의 살이 노을빛에 부서져 녹아내리고 물레방아는 물을 감아올리며 시간을 퍼내며 잘 돌아간다

물 마시는 나무에 걸린 시계,
한 세계를 순환하는 시곗바늘이
바르르! 떤다

나무에 걸린 시계 아래서

시를 좋아하는 경비 아저씨가 자신의 설치미술 속으로 들어가 시계 아래서 시집을 읽고 있다 나무에 걸린 시계와 시 읽는 그를 번갈아 훔쳐보다가 나는 詩와 時속에서 절집 두 채를 끌어내어 그의 설치 미술 속에 몰래 끼워넣는다 사람보다 바람과 구름이 먼저 사원에 들어가 시를 경으로 읽고 나온다 해탈이다 구름의 사리로 강림할 백설의 설법을 그는 미리 듣고 있는 걸까 그가 시를 서너 편 읽고 시계를 보고 하늘을 본다 하늘엔 구름이 사라지고 없다 구름이 마지막 흔적마저 벗어버린 자리에 하늘이 푸르다

그러나 詩와 時는 의기투합한다
해탈의 전력거부다
절집 안에서 누가 물음표를
몽둥이로 추켜들고 걸어 나와
내 정수리를 후려친다
시가 너에게 무엇이냐?

0時
— 시집

처음과 끝이 혼돈이었다
나의 원초의 바다에서 떠오른 이 기억은
나의 우주가 몇 번 회귀한 비밀 기록을 품고 있다

0時는 0時에서 깨진다
생이 들고 나는 0時는 지금 혼돈 중이다
나의 심장에 비수를 넣어 구멍을 뚫고
피가 새는 심방을 지나
열두 달을 구석구석 돌아 나온 0時에
나의 열두 방은 와해 중이다

질서라는 이름을 단 것들은 이 0時의 블랙홀로 와서
죽는다 밤낮이 뒤섞이고 사라진다
0時의 짧고도 길고 넓고도 좁은 구멍에서는
천둥 치듯 망치 소리가 울려 나온다
파괴와 생성을 순간에서 순간으로 집합하는 0時에
힘의 서열로 입들이 입속으로 속속 잡혀 들어와 포개진
그 거대한 입 구멍이 0時의 믹서기에서 분쇄되고
방안의 정물들이 동강 났다

정물처럼 꽂혀 있던 책 속에서 와르르 문장들이 쏟아
지고
말들은 두서를 잃고 뒤죽박죽으로 나뒹굴었다
혼불을 켜기 좋은 잿더미에서 언어를 지우는 신의 침
묵이
잠시 피어났다 그때 너는 몸을 폈다 그리고
뼈 안에 서식하는 고독이 침묵의 동굴에서 언어를 뽑
아 올린
시집을 조용히 펼쳐 들었다

시간의 안과 밖을 동시에 비추는 거울, 0時에
생 이전과 이후를 엮어 돌리는 고리, 0時에
시가 죽어가고 시가 거듭 태어나는 0時에
너는 마지막처럼 시집을 읽기 시작했다

시인의 순간포착으로 부서지는
현실의 객관적 시간

호 병 탁 (문학평론가)

1.

그것은 갑자기 "바다의 수막水幕을 뚫고 불쑥 치솟아" 올랐다. 그것은 바닷속에서 바다 밖으로 눈부시게 도약한 '팔뚝만 한 숭어'였다. 그것은 허공으로 튀어 오른 싱싱한 '도발의 춤'이었다. 그 짧은 순간이 시인의 '펄떡이는 언어'로 포착되었다. 바로 『일탈의 순간』이다.

　　율포 바닷가를 거닐고 있는데 돌연
　　바다에서 바다 밖으로 날렵하게 몸을 내민 팔뚝만 한 숭어가 내게로 쳐들어온다
　　바다의 수막水幕을 뚫고 불쑥 치솟아 오른 그것의 빛 부신 도약에 내 맥동이 빨라진다

　　바다에서 허공으로 월담하는 묘기, 저 벌거벗은 도발의

춤이
　싱싱하다
　싱싱할수록 생의 바깥으로의 저 무모한 노출은
　위태롭다

　한바탕 비릿한 어시장을 휘돌아 나온 돌개바람이 여기
득양만에 와서 휘파람을 분다
　풋풋하게 휘파람을 박차고
　수평의 일상을 뒤집은 그것
　생의 한계를 뚫고 수직묘술을 연출한 그것
　죽음의 세계를 일순 낚아챈 그것

　또 그것은 내 망막에 포획된
　일탈의 높이로 떠 있는 반짝이는 실체
　도약의 꼭짓점에서 절묘하게 뜬 채로 멈춘
　시간이 멈칫 멈추고
　내 호흡이 순간 멈춘

　그러므로 그것은 온몸으로 돌출한
　펄떡이는 언어,
　밑 모를 무의식 심층에서 불끈 솟아나
　표층을 뚫고 불쑥 튀어나온
　언어의 벼락이다
　그것은

　　　　　　　　　　　　　－「일탈의 순간」 전문

무미건조한 비평언어가 위 시를 해석하고 분석하려 한다면 자칫 맥동을 빠르게 하는 '활기'와 벌거벗은 도발적 '감각'을 찬탈하는, 그야말로 무미건조한 지적 정신작용으로 시를 죽이는 꼴이 될 것 같다. 위 시는 머리가 아닌, 그대로 가슴에 '쳐들어오는 대로' 느껴야 한다. 오감과 감정으로 느끼는 '비평 전 반응'이 불가결하다는 말이다. 문학이론에 정통한 사람이 이 시를 대할 때에도 그의 전문적 지식이 이런 즉각적인 반응을 말살하지 않는다. 오히려 그런 반응을 강화시킬 것이다. 그도 이 시를 읽으며 같은 인상을 받고 '느낀다'고 말하지 '안다'고는 말하지 않는다. 실상 느낀다는 것과 안다는 것은 서로 대척에 위치하는 것이 아니다. 느끼는 것은 아는 것이고 이는 거의 본능에 가까운 작품에 대한 반응인 것이다.

　일단 비평 전 반응이 가치 있는 것과 마찬가지로 전문지식이 작품의 미학적 감수성을 떨어뜨리지 않는다는 전제하에 '느낌을 배가'시키고 또한 '아는 것에 접근'하기 위해 이 글이 쓰이고 있다고 말하고 싶다.

　비평언어가 시의 아름다움을 훼손할지도 모른다고 생각할 정도로 위 시는 눈부신 감각과 힘찬 생명력으로 꿈틀댄다. 시는 팔뚝만 한 숭어가 바다 위로 불쑥 치솟아 오르는 '도약의 순간'을 포착하고 있다. 우리도 바닷가에서 가끔 어렵지 않게 볼 수 있는 숭어의 도약이다. 그러나 자연의 정황은 시인이 발휘하는 고도의 상상력 속에서 그런 '자연적 사실'을 능가하는 것으로 변모된다. 자연의 세계가 구리빛 정도라면 시인은 그것을 황금빛으로 만들어낸다.

몸을 뒤틀며 수면 위로 튀어 오르는 숭어의 도약에 이어 시는 '도약의 꼭짓점'에서 찰나로 정지한 물고기의 모습을 수백 분의 일 초짜리 카메라 셔터처럼 낚아채 고정시킨다. 순간 시간이 멈추고 화자의 호흡도 멈춘다.

일탈의 높이로 떠 있는 반짝이는 실체

허공에 떠서 반짝이고 있는 물고기의 이 강력한 심상은 합리성, 이성적 자아, 의식의 부담으로부터 완전히 벗어나는 해방감과 함께 순식간에 어떤 '황홀감'으로 독자를 이끈다. 이런 절제할 수 없을 정도로 유발되는 정서적 자극이 비평 전의 일차적 반응으로 '가슴'에 쳐들어오는 반응이 된다. 예술의 공통적 본질이 심미적 수단을 통해 쾌감이라는 직접적 목적을 일으키는 데 있다고 한다면 이런 황홀감은 그 자체로 독자의 귀중한 체험이 된다. 어떤 목적에 부차적이거나, 다른 목적이 개입될 경우에는 '직접的immediate'이 되지 못한다. '무목적성의 목적성'이란 미학적 개념이 상기되는 부분이다. '수평'의 일상을 뒤집고 '수직'으로 생의 한계를 뚫고 허공에 떠 있는 숭어는 다른 무엇을 생각할 겨를도 주지 않는다. 하여 이 시는 오감과 감정으로 그대로 느껴야 한다는 내 말은 타당성을 확보할 수 있다.

2.

　그러나 물고기가 물 바깥에 자신을 드러낸다는 것은 죽음의 세계에 무모하게 자신을 노출하는 '일탈의 순간'이 된다. 이는 '예외적 순간'이라고도 말할 수 있다. 시인은 '일상'을 탈피하는 예외적 사건을 통해서 생의 한계를 뚫고 '수평을 수직으로' 세우는 시를 깎으려 한다.

　시가 일상의 소소한 경험을 순진하게 재현하는 것이라는 소박한 생각은 절대 바람직하지 않다. 이 경우 언어 파장의 진폭은 물론 정신세계의 표출도 협소하기 마련이다. '펄떡이는 언어'는 기대하기 어렵다. 시인은 예외라는 일탈적 사건을 통해 '온몸으로 돌출'하는. 즉 "밑 모를 무의식 심층에서 불끈 솟아나/ 표층을 뚫고 불쑥 튀어나온"시를 만들고자 하는 것이다. '언어의 벼락'이 될 것이다. 그것은.

　위 문장의 마지막 부분은 시인의 화법을 그대로 흉내내서 쓴 것이다. '그것은'은 주부라 술부 앞에 위치해야 하지만 시인은 의도적으로 이를 마지막으로 뺐다. 이것도 일종의 '예외적' 어법으로 시인이 추구하는 시작법의 일환이 될 것이다.

　시인을 옛날에는 접신한 사람으로 인식되었다. 소위 예언의 능력을 갖춘 선지자, 사제, 무당은 시인의 표상이었다. 비상한 능력을 갖추고 있지만 정상이 아닌 '예외적' 인간이다. 지금도 시인은 세상의 지배적 가치와 질서에서 끊임없이 벗어나려는 비합리적 존재로 인식된다. 과대망상에 빠지고 백일몽을 꾼다. '일상'에서 '비일상'을 끄집어내려는 시인은 누구나 어느 정도 '일탈'적인 존재다.

그런데 시집 『일탈의 순간』에는 특이하게도 표제의 시와 그대로 연결되는 또 하나의 시가 있다. 같은 장소에서, 같은 시간에, 같은 숭어를 그린 시다. '일탈의 순간'을 제대로 파악하기 위해서는 이 시도 함께 볼 필요가 있다.

아직 율포 바닷가에 서 있었고
일탈에서 귀환으로 순간 이동하는 숭어를 보았고
우연히 숭어의 순간과 나의 순간이 번쩍 마주쳤고

순간은 순환회로에 감긴 아득한 시간일 것이므로
순간은 종의 분화 이전으로 회귀하는 너와 나와의
먼 시공의 압축일 것이므로
순간은, 그러나 순간을 불러내는 순간이어서
바람의 계단을 오른 근육으로 풍경을 구부리는
너의 비약과 반동 사이에 내가 순간 끼어든 것인데
오름의 절정에서 곤두박질치는 낭떠러지에
햇살이 부서지고 내 몸 안의 물결이 출렁이고
입수는 익숙하게 완료되었지
도약의 높이가 깊이로 전복,
일탈은 귀환으로 전이 되었지

네 일탈이 유인해 온 바깥이 안으로 잠겨
물이 불꽃을 피우는 이변이 일고
파도의 표정은 돌연 낯설어졌어
그리고 미끄러운 정점에서 투신해 내리꽂힌 자리,
그 오르가슴에서 싱싱한 산란이 난사되고
톡톡 튕겨 오르는 빛 방울 돋을새김 글자들!
물의 지면을 얇게 떠 탁본하는 손이 떨렸어
　　　　　　　　　　－「순간포착―귀환」 전문

　화자는 아직 율포 바닷가에 서 있고 이제 '바다 밖'의
일탈에서 다시 '바닷속'으로 귀환하는 숭어를 보고 있다.
앞의 시가 '튀어 오르는' 숭어라면 뒤의 시는 '내리꽂히는
숭어'다. 그러나 두 사건이 벌어지는 시간은 "숭어의 순
간과 나의 순간"이 번쩍 마주치는 짧은 찰나에 불과하
다. "풍경을 구부리는/ 너의 비약과 반동 사이에 내가 순
간 끼어든 것"뿐이다. 예외적 순간에 대한 시인의 예외
적 표현으로 시적 긴장은 고조되고 포착된 예외적 시간
은 한껏 빛을 발하고 있다.
　무모하고 위태했지만 그 일탈은 무의미한 것이 아니었
다. 그것은 "물이 불꽃을 피우는 이변"을 야기하고 따라
서 '파도의 표정'까지 낯설게 만들었다. 햇살이 '부서지
고' 몸 안의 물결이 '출렁이게' 했다. 그것은 바로 눈부신
'오르가슴'이 아닌가. 그러나 "일탈은 귀환으로 전이" 된
다. 이율배반적이지만 누구든지 잠시의 일탈은 영속적

인 일상으로의 복귀를 전제로 한다. 그렇다면 일탈의 결과는 결국 일상적 질서의 견고함을 재확인하는 행위에 불과하단 말인가. 아니다. 앞서 말한 것처럼 시인은 누구나 어느 정도 '일탈'을 꿈꾸는 존재다. 그로 인해 "온몸으로 돌출"하는 언어를, 즉, "톡톡 튕겨 오르는" 돋을새김 글자를 탁본하고자 하는 것이다.

3.

시집의 전체적 독서를 마치면 우리는 정확한 이유를 알 수 없는 전율과 함께 등이 서늘해짐을 느끼게 된다. 용이하게 번역되는 것이 아닌 "순환회로에 감긴" 코드들이 각 시편에 서로 의미망을 이루며 연결되고 있기 때문이다. 지금까지 잘 나가던 필자의 글도 꽉 막힌다. 시편 하나하나는 균질성을 보이며 각각 문학작품으로서의 위의를 보이고 있으므로 그것을 증명하는 것으로 작품 리뷰를 끝낼 수도 있다. 그러나 비밀이 내재하고 있음을 안 이상 '절대로' 그냥 지나칠 수는 없는 일이다. 범용한 지력은 코드의 연결회로를 찾기에도 바쁘고 필연적 긴장은 신경을 날카롭게 한다. 글쓰기를 중단하고 많은 책을 읽었다. 아인슈타인, 하이젠베르크, 토머스 쿤은 꼼꼼히 읽어야 했다. 쿤의 다음 말은 내 등을 쳤고 글쓰기는 재개되었다.

나는 과학적인 텍스트를 번역하는 문제는, 그것을 외국
어로 번역하든(…) 현대적 언어로 번역하든지 간에 우리가
일반적으로 생각하는 것보다 문학을 번역하는 것에 훨씬
가깝다고 생각한다. 양자 모든 경우, 번역자는 여러 다른
방식으로 번역할 수 있는 문장들을 끊임없이 만나며, 그중
어느 것을 택해도 완벽할 수 없다.

          – 토머스 쿤, 「더빙(재녹음dubbing)과 재 더빙」에서

    다른 방식으로 읽을 수 있는 문장을 시인의 시편에서
우리도 끊임없이 만나며, 그중 무엇을 택해 읽어도 그
문장들에 대한 우리의 번역이 완벽할 수 없다는 것을 알
지만 번역은 시도되어야 한다.

    당장 시인은 앞의 시에서 "순간은 순환회로에 감긴 아
득한 시간"이라고 정의한다. 이 말은 순간은 아득한 시
간이며 이 이유는 순환회로에 감겨있기 때문이라고 해
석할 수 있다. 여하튼 '순간은 아득한 시간'이란 말이 되
고 이는 대단한 역설이다. 시인은 이 시에서만도 순간에
대한 또 다른 정의들을 내리고 있다. 그것은 '종의 분화
이전까지 회귀'하는 먼 '시공의 압축'인 것이며 '풍경을
구부리는 비약과 반동 사이'에 끼어든 것이다. 우리는 여
기서 문학적으로 표현된 현대물리학의 정수를 감지한
다. 시인은 「0시」 연작을 비롯한 많은 시편에서 시공에
대해 천착하고 있다. 시인은 0시를 "시간의 안과 밖을

동시에 비추는 거울"이자 "생 이전과 이후를 엮어 돌리는 고리"(「0시−시집」)로 파악한다. "천체물리학자는 순간 속에 감긴 둥근 시간의 파동을 관찰하고/ 물리학의 언어인 수학으로 거품의 팽창속도와 소멸에 대한 방정식을" 푼다. 그리고 "시인과 물리학자는 함께 가정을 설정"한다.(「0시−막」) "깨진 틀에서 빠져나온/ 0時가/ 수집하는 것은/ 깨지지 않을 틀"이다. "열리는 0時 안에/ 닫히는 0時 안에/ 자궁과 봉분이 합환지를 끼고 맞물린다.

　우리는 위 시편들에서 수많은 아이러니를 발견한다. '안과 밖을 동시에 비추는 거울'이라든지 '깨진 틀'에서 빠져나온 시간이 '깨지지 않을 틀'을 수집한다는 말은 그대로 역설이다. 남녀가 함께 잠자리를 하는 것이 '합환'이다. 그러나 잠자리 행위는 탄생(자궁)과 죽음(봉분)이 맞물려 돌아가는 일이기도 하다. 시인은 물리학자가 '파동'을 관찰하고 수학으로 그 팽창속도와 소멸에 대한 방정식을 세우려 한다고 말하고 있다. 파동은 마루(등성이 crest)와 골(골짜기trough)의 규칙적 모양을 가진다. 우리가 정지해 있고 파동이 우리를 지나간다면 우리는 규칙적으로 반복되는 마루와 골의 모양을 볼 수 있다. 즉 파波의 운동은 주기적으로 반복되는 진폭을 가지고 움직인다. 그러나 우리가 파동의 속도와 동일한 속도로 움직이고 있다면 우리는 진폭의 한 부분과 함께 움직이는 것이 되고 마루나 골의 모양은 볼 수 없다. 따라서 파동을 관찰하고 수식을 세우려는 물리학자의 의도는 애초부터

117

글러 먹은 일이 된다.

앞의 시 「순간포착」에서 순간이 '풍경을 구부리는 비약과 반동 사이'에 끼어든 것이라고 시인이 노래하는 것도 의미하는 바가 크다. 풍경을 우리 눈에 비춰 주는 '빛'은 당연히 직선을 따라 균일한 속도를 가지고 진행한다. 유클리드의 공리를 따른 이러한 '광光의 직진운동과 광속 일정의 원리'는 진리로 간주하여 왔다. 그러나 현대물리학은 광은 휘어지고 그 속도는 지연될 수 있음을 발견했다. 실제로 태양 주변을 가까이 통과하는 별빛은 태양 쪽을 향해 활처럼 굽어지는 현상은 개기일식 때의 관측으로 증명되었다. 따라서 시인은 광을 통해 육안에 포착되는 풍경이 구부러진다고 노래하게 되는 것이다. 이런 현상은 다른 시에서도 다시 반복된다. 같은 빛의 작용으로 생성되는 '그림자'는 '흑백 두 척력斥力'이 맞물리며 "휘어진다." 그리고 서로 밀어내는 척력은 잎과 꽃이 영원히 만날 수 없는 상사화로 피어난다.(「그림자와 상사화」) 창밖의 허공도 "출렁 휘어진다." "휘어진 공간에서 붉게 물든 사과가 떨어진다."(「창밖의 손」) 이제 '밀어내는' 척력이 아닌 '당기는' 인력으로 사과는 땅으로 떨어지는 것이다.

4.

시인의 시간에 대한 깊은 사유는 우리를 놀라게 한다.

앞에서 보는 것처럼 숭어가 튀어 오르는 '순간'은 「일탈의 순간」이 되며 그것은 '아득한 시간'이란 새로운 의미로 「순간포착」 되었다. 포착된 순간은 '풍경을 구부리는' 빛에 기인한다. '휘어지는 빛'의 그림자는 척력이 맞물리며 「그림자와 상사화」와 연결고리를 만들고 이는 다시 허공도 출렁 휘어지는 「창밖의 손」으로 전이된다. 그리고 이 포착된 순간은 많은 아이러니를 파생하며 「0시」 연작에서 새로운 시간의 의미망을 창출해내고 있다. 우리를 놀라게 하는 것은 시간에 대한 이런 천착이 아직은 시작에 불과하다는 점이다. 시인은 본격적으로 시간 속으로 빠져든다.

얽힌 시간이 호명되어 나올 때
얼기설기 엉킨 기억의 줄기 끝에서
호박불빛 흐르는 기차역이 딸려 나온다
가방을 들고 여러 번 역사를 드나들었다
- 「호박넝쿨」 부분

역사 대합실은 성장이 멈춰버린 어른들로 붐빈다
키가 줄어드는 이들은 주름을 달고
여섯 시에 달리는 기차에서 내렸다
- 「만종」 부분

시계추가 멈춘 시계에서 시간이 가고 있다
- 「그네가 그네를 탄다」 부분

녹아내리는 시계 밖에서 녹지 않는 시간이
기억의 고집을 이마에 주름으로 새겨 넣었다
　　　　　　　　　　　　　　　－「이마의 주름」 부분

꽃 이파리가 하늘하늘 나풀거리고
이 한순간의 부유가 백 년을 가로질러 갔다
순간 속에 숨은 천 년이 꽃빛으로 환히 웃었다
　　　　　　　　　　　　　　　－「순간의 부유」 부분

　인용 시 외에도 시집에는 과학과 철학의 관념이 결속
된 수많은 시간적 사유가 내재하고 있지만 구태여 그것
을 열거할 필요를 느끼지 않는다. 위 몇 편의 시만 보아
도 시인의 치열한 사유가 피부에 와 닿는다.

　우리는 비가역적으로 진행되는 사건들의 흐름을 '지
금' 일어나고 있는 것과 '과거'에 일어나서 기억 속에 있
는 것과, 그리고 '미래'에 일어날 것으로 구분하여 의식
한다. 이러한 의식이 다른 모든 사람들과 '공통'되고 있
다는 사실로부터 이것의 정량定量화, 즉 '시간'이란 개념
이 나타났을 것이다. 이는 개인적이고 부정확한 '주관적
시간과' 시계로 측정되는 '객관적 시간'으로 구분될 수 있
다. 물론 개인들의 주관적 시간의식이 서로 간에 근본적
인 차이가 없다는 사실이 '시계'를 만들게 된 동기가 되
었음은 의심할 여지가 없다. 객관적 시간을 나타내는 시

계란 반복되는 어떤 현상이기만 하면 된다. 진자의 주기적 운동, 밸런스 휠, 혹은 우리의 맥박이라도 좋다. 이 반복운동이 정밀할수록 시계도 정확해지게 된다.

그런데 '객관적 시간'이라는 것은 발생하는 사건과 시곗바늘이 문자판의 특정한 숫자를 가리키는 사건의 동시적 발생을 의미한다. 시인이 '기차역'과 '역사 대합실'을 반복하고 있음에 유의할 필요가 있다. "여섯 시에" 기차가 도착한다는 것은 두 사건, 즉 차가 '역'에 들어오는 사건과 '역사 대합실' 시계의 작은 바늘이 6이라 숫자를 가리키는 사건이 동시에 일어난다는 것을 의미한다. 그러나 시인은 이 객관적 시간에 의문을 제기한다.

물론 우리는 두 사건이 동시에 발생한다는 '동시성 simultaneity'의 개념을 따질 필요도 없이 산다. 일상생활 속에서 우리는 대합실의 시계를 보고 기차가 도착하는 것을 확인하기만 하면 된다. 그러나 좀 더 생각해보면 사건을 비춰 주는 빛이 우리 눈에 도달하기까지는 일정한 시간이 소요되는 것이며, 엄격히 말하자면 우리는 이미 일어난 사건과 시계를 비교하고 있다. 빛이 너무 빨리 움직이기 때문에 이런 '지연遲延 효과'는 무시된다. 그러나 달에서 일어난 사건—달까지 빛이 왕복하는 시간은 약 2.5초—과 지상에서 일어난 사건의 동시성 여부를 판단하는 데는 문제가 발생한다. 시인은 바로 이점을 주시하고 있다. 시간은 속도와 거리에 비례한다. 광속에 어떤 속도를 더하더라도 광속보다 빨라질 수는 없다. 시

계 두 개 사이 중간지점에서 관측자가 있고 6시에 양쪽
에서 발사된 빛은 잠시 후 동시에 중간지점에 도달한다.
그러나 관측자가 움직이면 그렇지 않다. 그가 한쪽 신호
를 향해 움직이면 다른 쪽 신호와는 멀어진다. 빛이 진
행하는 거리는 서로 다르게 되고 광속 일정원리에 의해
한쪽의 신호가 다른 쪽보다 먼저 도달하게 된다. 움직이
는 관측자는 두 신호가 동시에 발사된 것이 아니라고 불
평할 것이다. 혹은 시계를 서로 맞추지 않았다고 투덜거
릴 것이다. '객관적 시간'은 무너지고 시인의 '순간포착'
은 이를 놓치지 않고 있는 것이다.

그리하여 "얼기설기 엉킨 기억의 줄기" 끝에서 "호박
불빛 흐르는 기차역"을 시인은 보게 된다. 또한 광속에
의해 부서지는 시간의 관념 속에서 "성장이 멈춰버린 어
른들"이 대합실에 붐비고 "키가 줄어드는 이들은 주름을
달고" 6시 기차에서 내리는 것도 보게 된다. 나아가 시
인은 "시계추가 멈춘 시계에서 시간이 가고", "녹아내리
는 시계 밖에서 녹지 않는 시간"이 인간의 "이마에 주름
으로 새겨" 넣고 있다고 객관적 시간개념이 상실된 세계
를 노래하게 되는 것이다. 그러나 그것은 허무가 아니
다. 시간은 '꽃 이파리가 하늘하늘 나풀거리는 순간'에
'백 년'이 가로질러 가지만, 꽃빛은 그 순간 속에 '천 년'
을 숨기고 환히 웃고 있는 것이다.(『순간의 부유』) 그것은
시인에 의해 꽃 이파리처럼 아름다운 서정으로 환치되
어 노래 불린다.

5.

　이런 시간개념은 "일상의 시간이 시계 안에서 녹아"내리는 것(「어떤 설치미술」)을 그린 달리의 회화세계로 연결된다. 나무와 사람 몸에서 나온 '두 개의 시계'가 있고 "나무를 십 리쯤 앞질러 달려가는 사람"이 있다. 이는 앞서 말한 시계 두 개 사이에서 움직이는 관측자의 상황에 다르지 않다. 달리의 그림 세계는 「나무에 걸린 시계 아래서」에서 좀 더 구체화된다. 시인은 앞의 '설치미술'에 "시時와 시詩"에서 꺼낸 "절집 두 채"를 를 삽입한다. "바람과 구름이 먼저 사원에 들어가 시를 경으로 읽고 나온다 해탈이다" 그러나 동음이의어인 시와 시는 '의기투합'하고 해탈을 거부한다. "절집 안에서 누가 물음표를/ 몽둥이로 추켜들고 걸어 나와" 정수리를 후려친다. 시간에 대한 깊은 사유는 마침내 자신의 존재의미에 대한 성찰로 치닫고 있다.

　물 밖으로 '튀어 오르는' 숭어의 「일탈의 순간」은 시인에 의해 '휘는 풍경'으로 「순간포착」되어 수많은 시편들과 맞물리며 의미망의 연결고리를 만들고 있다. 하나의 시는 파편들을 날려 다른 시에 착지한다. 그리고 이는 연속 반복된다. 시집 전체의 시편들이 서로 의미의 자장을 쏘고, 받고, 다시 반사하는 순환회로에 감겨 있는 것 같다. 비평가는 이 회로를 더듬느라 끙끙거리고 있지만, 시인은

언어의 파편들을 짜 맞추는 퍼즐놀이는 즐겁다
지금은 파편화의 해독이 난해해진 불연속성의 시간
— 「파편」 부분

해독이 난해한 퍼즐놀이는 즐겁다고 어서 '언어의 파편들'을 짜 맞춰보라고 비평가를 부축이고 있다. '객관적 시간' 개념은 현실을 벗어나 달리의 그림 세계에서 녹고 있지만 이는 마침내 초현실주의 "화가 마그리트의 창에 그려지는" 풍경(「창」)으로 파편이 튄다. 그의 그림은 일상적으로 받아들여지는 시·공의 명백한 위반에서 비롯된다. 놀랍게도 시인은 우리가 관통 중인 시·공을 다중우주multi-verse 혹은 메가우주mega-verse론으로 그 사유를 비약한다. 이는 우주가 하나로 존재하는 것이 아니라 '거품'방울들처럼 '다중'으로 공존한다는 것이다.

우리가 관통 중인 시공간이 끝 모를 미로로 얽힌 거품의 그물망이라면…
혼란한 미로 안에서 얇아지고 꺼져가는 생의 막이 거품의 질료로 짜여 진 것이라면…
하여 현실공간이 거품 막 내부이고 이 우주가 거품 우주 중에 하나라면…
하여 우리가 여러 거품 우주의 막 안에서 동시에 떠다니는 다중 존재라면…
— 「0시-막」 부분

우주의 법칙과 상수들은 규칙적이다. 다중우주는 다양한 규칙 집합들을 가진다. 생명이 생기고 그것이 진화하기 위해서는 우호적 규칙을 가진 우주들 중 하나에 우리가 존재해야 한다. 바로 이 사실을 설명하기 위해 도입된 것이 거품방울로 표현되는 다중우주론이다. 거품방울 우주론에 의하면 우주는 폭발하여 팽창하다가 수축하고 끝내는 붕괴하는 운명을 200억 년 주기로 무한 반복한다. 우리의 시간과 공간은 일련의 대폭발big bang 중 가장 최근의 것에 불과하며 130억 년 전의 폭발에 기인한 것이다. 폭발–팽창–수축–붕괴의 주기가 영구히 계속되어 왔다면 다중우주는 연속되어 존재하는 셈이다. 시인에게 이런 우주의 엄청난 물리적 현상은 뜻밖에 뻥튀기 아저씨의 뻥튀기에 비유된다. "뻥튀기아저씨가 깨알만 한 우주씨알 한 알을 뜬금없이/ 뻥튀기했으므로" 시인은 '별을 향한 고독' 속에 살고, 불안 속에 산다. 별을 보며 느끼는 고독과 불안은 "우주 풍선이 날마다 부풀어" 올라 별들이 "맹렬한 속도로 서로 달아나"기 때문일 것이다.(「파편」) 뻥튀기는 지금 '우리가 존재하는 우주'의 '빅뱅'이고 별이 달아나는 것은 우리의 우주가 처한 '팽창'을 말하고 있음일 뿐이다. 우리가 존재한다는 사실은 내재하는 물리법칙이 생명의 출현과 진화를 허용한 우호적인 별, 나아가서 거품들의 우주 중 우리의 존재에 적합한 우주에서 살고 있다는 사실을 입증한다.

숭어가 튀어 오르는 순간에서 비롯한 시간의 사유는 0시, 휘는 공간, 객관적 시간의 상대화, 달리의 시계를 거쳐 거품 우주의 다중우주론에까지 이르렀지만, 시인의 끝을 모르는 사유는 막막하기만 하다. 이제 신이 개입할 차례인 것 같다. 무한한 힘, 무한한 지식, 무한한 자유를 가진 신이 그 막막함의 너머에 웃고 있는 것 같다. 시인은 우리가 존재하고 있는 "시간 차원의 이 삶이 환상으로 조립되는 겹겹의 꿈"이 아닌가 하고 앞의 인용 시에서 묻고 있다. 환상幻相은 불가에서 말하는 '실체實體가 없는 허망한 형상'이고 또한 환상幻想은 '현실에 없는 것을 있는 것'같이 생각하는 것이다. '환상으로 조립된 겹겹의 꿈'이라면 불가와 노장이 아니더라도 역시 절대자가 개입할 문제다.

여러 시편에 감춰진 코드들을 따라오다 보니 절대자의 성전 문 앞까지 왔다. "유배 간 소피아를 부르는 필로의 무너지는 성전 곁"(「머리카락에서 새어나오는 풍경」)에 우두커니 서 있는 기분이다. 사물에 대한 완전한 인식 또는 최고선에 대한 지식이 소피아다. 그 지식을 추구하던 철학자 필로는 당연히 끝을 볼 수 없다. 필자도 이제 막막한 사유를 추적하는 일은 이만 접어야 할 것 같다.

일반적으로 정지 상태에 어떤 힘이 가해짐으로써 비로소 움직이는 상태가 된다. 그리고 우리는 움직이고 있다는 사실을 '안다'고 생각한다. 그러나 '창문'이 모두 막힌 밀폐된 탈것 속에서는 그것의 움직임을 모른다. 시인은 여러 시편을 통해 '창문'을 활짝 열고 그 맹렬한 운동을 우리에게 보여주었다. 일상을 그대로 재현한다면 누구나 시를 쓸 수 있다. 그러나 그 시는 '시'답지 않다. 물론 시의 소재로 일상은 얼마든지 견인될 수 있다. 허나 일상의 진부한 시간 축에서 예외라는 '사건적 시간'을 끌어낼 때 비로소 시는 시답다.

모처럼 싱싱한 시어로 직조된 이런 사건적 서사를 '퍼즐놀이'까지 해가며 그 심미적 쾌감을 만끽했다. 독자들도 마찬가지일 것이다. 회로 속의 코드들이 각 시편에서 복잡한 의미망을 파생하며 연결되고 있지만 「그래도 사람과사람이세상이라는이름의피륙을 짠다」라는 시인의 선언적 발언은 귀에 쟁쟁하다. 개인적으로 『일탈의 순간』을 독서하며 부박한 평론가를 공부시키고 살까지 빼게 해준 시인에게 고맙다는 인사를 전한다.